ホーンテッド・キャンパス

オシラサマの里

櫛木理宇

角川ホラー文庫
23303

CONTENTS

HAUNTED CAMPUS

Characters introduction
イラスト／ヤマウチ シズ
八神森司
やがみ　しんじ
大学生（一浪）。超草食男子。霊が視えるが、特に対処はできない。こよみに片想い中。
灘こよみ
なだ　こよみ
大学生。美少女だが、常に眉間にしわが寄っている。霊に狙われやすい体質。

HAUNTED CAMPUS
黒沼泉水
くろぬま　いずみ
大学院生。身長190cmの精悍な偉丈夫。黒沼部長の分家筋の従弟。部長を「本家」と呼び、護る。
黒沼麟太郎
くろぬま　りんたろう
大学院生。オカ研部長。こよみの幼なじみ。オカルトについての知識は専門家並み。

HAUNTED CAMPUS
三田村《みたむら》藍《あい》
元オカ研副部長。新社会人。身長170cm以上のスレンダーな美女。アネゴ肌で男前な性格。
鈴木《すずき》瑠依《るい》
新入生。霊を視ることができる。ある一件を通じ、オカルト研究会の一員となる。

プロローグ

HAUNTED CAMPUS

＊三十八年前　六月二十九日

少年は森にいた。

曾祖母《そうそぼ》の家からほど近い、白勢山《しらせ》の中腹にある森だ。湿った下草が茂り、頭上は枝葉でふさがれ、かすかに陽のすじが射しこむほかは薄暗い深い森だった。

少年は時計を持っていなかった。三つ上の兄は今春、祖父母から「入学祝いに」とセイコーの腕時計をもらえたのに、だ。兄ちゃんだけずるい、と抗議したが、「小学生に時計なんかいらないでしょ」と聞き流されてしまった。

――そろそろ夕方だ。

早く帰らなければいけない。それは体感でわかっていた。

少年の一家が曾祖母の家を訪れた理由は、法事である。曾祖父《そうそふ》の七回忌に出席するため、父のカローラで高速を飛ばしてきたのだった。

ほんとうなら少年は、五時からアニメの『キャプテン翼』を観る予定だった。なのに曾祖母の家には、ラジオだけでテレビもビデオもないと来ている。

田舎はこれだからいやだ。少年は舌打ちした。

とはいえ、彼が父母と住む町だって十二分に田舎である。『キャプテン翼』は東京から数箇月遅れの放映だし、近所に映画館がないせいで、話題の『南極物語』や『E・T』も観られない。

駅前のおもちゃ屋に、ファミコンのカセット『ホーガンズアレイ』はまだ入荷しない。本屋に並ぶ漫画はどれも背表紙が日焼けして貧乏くさい。田舎はいやだ。つまらないことばっかりだ。

来月からはじまるロサンゼルスオリンピックだって、全競技が映るかあやしいものだった。

だからせめて、アニメくらい欠かさず観たいのに。そうふてくされて、曾祖母の家を抜けだしたのが約一時間前のことである。

――でも、さすがにそろそろ帰らないと。

日が落ちるまでに戻らなければ、迷子になってしまう。

そう五分前までは思っていた。

なのにいま、少年は動けなかった。まわれ右し、その場から立ち去ることがどうしてもできなかった。

少年は太い樫《かし》の陰に身を隠していた。

彼の角度からは、男の背中しか見えない。紺のジャンパーを着た背中だ。

対照的に、男の腕の中にいる少女は、あざやかなほどくっきりと見えた。

正確に言えば、男は少女を抱えているのではなかった。白い細い喉《のど》に両手をかけ、なにものかへ捧《ささ》げるように持ちあげていた。

掲げられた少女の顔は真っ赤だった。血がのぼり、膨れあがっていた。

少女は白目を剝《む》きかけていた。眉間《みけん》にきつく皺《しわ》が寄っている。ひらいた唇から、ピンクいろの舌さきが覗《のぞ》く。脂肪の薄い細い脚が、力なくばたばたと揺れる。

少年は今年で十歳になる。

くだんの少女は、彼よりずっと年下に見えた。

小学校の一、二年生だろうか。小柄で色白だった。顔は苦悶《くもん》で歪《ゆが》んでいるものの、整った目鼻立ちは見てとれた。

ふいに、少年の下半身でなにかが弾《はじ》けた。少年は呻《うめ》き、前かがみになった。

そのときだ。

斜め前方の茂みから、黒い影が飛びだしてきた。

影は複数だった。紺のジャンパーの男に声もなく近づき、取りかこんで、襲いかかった。

すべては一瞬で終わった。男が抵抗する間も与えなかった。

少女は地面に投げだされ、咳《せ》きこんでいた。

近くの低木に、血のしずくが散っている。ジャンパーの男の後頭部から飛び散った血だった。柘榴《ざくろ》のようにぱっくり割れた傷ぐちが、男の髪の間から覗いている。

影たちが男を抱えた。

どうするんだろう、と少年はいぶかった。

もっと見ていたかった。最後まで見届けたかった。

しかし見つかる怖さのほうがまさった。少年は諦《あきら》め、そっときびすを返した。足音を殺し、小走りに逃げた。

いま見た光景を、誰にも言ってはいけない気がした。森を抜け、雑木林を抜けて、彼は一心に曾祖母の家へと駆けもどった。

帰宅してすぐ、トイレに入った。

下着が濡《ぬ》れていた。意味がわからなかった。しかたなく、少年は兄に相談した。

兄はにやにやしながら、

「替えのパンツは持ってきてるな？　誰も気づいてないうちに穿《は》きかえろ。汚したほうは、洗面所で手洗いするんだぞ」

と教えてくれた。

少年は言うとおりにした。だが兄のにやにや笑いの意味は、さっぱりだった。理解できたのは、一年以上あとだ。

その頃にはロサンゼルスオリンピックはおろか、つくば万博も終わっていた。季節は秋になっており、彼は保健体育の授業を受けていた。

そうして彼はやっと、あのとき自分の身に起こったのが〝精通〟という生理現象だと知った。

あの日以来、しょっちゅう臍下《へそした》がむずむずする意味もわかった。彼は、大人になったのだ。

だが〝むずむず〟のたびあの少女が思い浮かぶ理由は、やはりわからなかった。

血がのぼって真っ赤に膨れた顔。ピンクいろの舌。ばたばた揺れる脚。低木に点々と散った血。その向こうで咳きこんでいたちいさな背中。

思いだすたび、どうして自分はこんなに興奮するのか。なぜあの少女でないと満足できないのか。

当時の彼には、まだなにひとつわからなかった。

1

＊二十年前　各朝刊記事

【配水場に女児の死体　行方不明の女児か】

鞍戸《くらど》警察署は2日17時10分ごろ、鞍戸市大安芸《おおあき》内の配水場にて女児の死体が見つかったと発表した。

同日16時ごろ、配水場の職員から電話で「敷地内で人の手のようなものを見た」と通報があり、駆けつけた警察官が死体を発見した。

死体は、身長が約120センチメートルで中肉。水色のフード付きトレーナー、紺のスカート、白のスニーカーを履いていた。警察は他県で行方不明中の女児ではないかと見て、死因および身元の特定を急いでいる。

——北新日報

【河川敷に死体　身元不明の女児】

24日午前6時20分ごろ、神有区《かみあり》千治川《ちじがわ》の河川敷で、犬の散歩をしていた女性が「草むらの中に、人の顔のようなものが見える」と消防に通報した。

警察と消防が駆けつけ、確認したがすでに亡くなっていた。死体は5～8歳と思われる女児で、神有区付近に行方不明者の届けは出ていない。警察は身元の確認とともに、死因の特定などをすすめる方針。

――永明新聞

【山中に女の子の遺体　館東《たてづか》】

23日午後3時すぎ、白良馬《しらんば》村白勢山の山中で、女の子が倒れているのを地元の消防隊員が発見。現場で死亡が確認された。館東署によると、21日から行方がわからなくなっていた館東市の児玉《こだま》美結《みゆ》ちゃん（7）と見られる。

美結ちゃんは21日の午後4時ごろ下校し、その後帰宅しなかったため家族が署に通報。署員や消防隊員らが捜索していた。警察は事件の可能性もあると見て、死因の特定などを急いでいる。

――毎朝新聞

2

＊二月十日　午前十時十三分

雪国の冬は長い。

八神森司《やがみしんじ》の持論はこうだ。「雪国は、一年のうち半分が寒い」。

なにしろ十月後半から冷えこみはじめ、十一月は木枯らしが吹き、十二月に雪が積もりだす。そして一月からは冬本番だ。

さらに二月いっぱいが降雪のピークで、三月になっても雪はちらつく。ようやく春のきざしが見えるのは、四月上旬からである。

そうして現在は二月のなかば。県内全域は、ようやく大雪の峠を越えつつあるところだった。

まだまだ寒いし雪は降るものの、日中の最高気温が二、三度を超える日が増えてきた。となれば屋根や車庫に積もった雪もだいぶ融け、一時期のような、

「雪の重みで家じゅうがみしみし軋《きし》む」

「家が縦に押しつぶされ、戸や窓が開かない」

等々の事態はかなり緩和された。

森司が住むおんぼろアパートも、さいわい住民総出の雪下ろしは二度だけで済んだ。暦の上では立春も過ぎ、これからじょじょに暖かくなってくれるだろうと、みな胸に希望を抱いている。

そんな日々のさなかだ。

OGの三田村藍《みたむらあい》が、ぽつりと問うた。

「そういえば八神くん、こよみちゃんのネックレス、ちゃんと誉めてあげてる？」

と。

森司はゆっくりと振りかえった。

「……は？」

場所は雪越《せつえつ》大学オカルト研究会の部室である。

この部室は、構内の最北端に建つ部室棟の中でもいっとう北端にある。鬱蒼《うっそう》とした木々に囲まれて夏でも薄暗く、冬ともなれば文字どおり極寒に凍える。

とはいえそれは外だけで、部室の中はたいがい暖かい。部長の黒沼麟太郎《くろぬまりんたろう》がつねに居座り、快適な気温と湿度に保っているせいだ。

おまけに食料まで豊富ときていた。なぜかと言えば、この雪大《ゆきだい》オカ研にはとにかく客が多い。そして来客は甘党の黒沼部長のため、ケーキやシュークリームや焼き菓子を手に訪れるのが習わしとなっている。

かくして部室は魔術師アレイスタ・クロウリーのポスターと、超自然現象に関する本が詰まった本棚を除けば、「お茶会サークル」と称しても違和感のない空気に満ち満ちている。その日も長テーブルの菓子盆には、有名店のフィナンシェやクッキー、サブレやマドレーヌが山と盛られていた。

だがそのとき、室内にいたのは森司と藍のみであった。

牢名主《ろうなぬし》のごとき部長は不在だったし、ほかの部員もまだ姿を見せてはいなかった。

藍はパイプ椅子に座ってフィナンシェをかじり、森司はこれから来るだろう部員のためにコーヒーメイカーを稼働させていた。

というわけで、場面はさきほどの森司の台詞《せりふ》まで巻き戻る。

彼がゆっくりと藍を振りかえり、「……は？」と声を発した場面である。

「は、じゃないの」

藍は足を組みなおし、彼に向きなおった。

「気づいてるでしょ？　こよみちゃん、きみからクリスマスにもらったネックレス、よっぽど天気が悪い日以外は着けて来てるじゃない。ちゃんと『似合うよ』とか、『いつも着けてくれて嬉《うれ》しい』とか言葉にしてる？」

「あ、いや、それは」

森司はへどもどと目をそらした。

「言ってないんだ？」

「それは……まあ、あのですね」

「返答ははっきりと」

「い、言えていません」

気を付けの姿勢で、森司は認めた。

藍が片眉《かたまゆ》を上げる。

「どうして言わないの。『言わなくてもわかるだろう』なんて思っちゃ駄目よ。こよみちゃんは超能力者じゃないんだから、言葉にしてあげなきゃ通じないの」

「そ、それはわかってます。重々わかっておりますですが」

「ですが、なに？」

「か――加減がわからなくて」

「なんの加減？」

「どこまで誉めていいか、の加減です」

そして森司は吐いた。

クリスマスイヴに真珠のネックレスをプレゼントした相手、彼の高校時代からの想い人である灘《なだ》こよみに、そりゃもう言いたい言葉は山ほどあるのだ、と。

つづけて彼はさらに語った。

彼女が自分にとって、あまりにまばゆい存在であること。毎日洩《も》れなく彼女は美しく、かつ愛らしく、可憐《かれん》で美人で綺麗《きれい》で聡明《そうめい》で可愛くて清純であること。誉めようと思えば一日じゅうでも誉めていられること。

きりがなさすぎてセクハラ認定される懸念があること。もし彼女にセクハラ野郎と思われたなら、その場で舌を噛《か》み切って果てる覚悟であること等を、連綿とせつせつと訴えた。

「そりゃあね、そりゃおれだって灘を誉めたいですよ。誉め下手な日本人じゃなく、イタリア男に生まれればよかったと何度も思いましたよ」

森司は言いつのった。

「誉めたい気持ちはあるんです。でもどう言っていいかわからないんです。誉めたら誉めたで、とめどなくなりそうで怖い。だって灘には誉めるところしかないじゃないですか。あの子は美少女だし、頭がいいし、性格がいい。おとなしそうに見えて意外にきっぱりしてるし、たまにちょっと天然なとこも可愛い。誉めようと思えば、細部にいたるまで二十四時間誉めていられますよ。たとえば彼女の小指の第二関節の愛らしさとか、カーディガンの袖《そで》ぐちの折りかえし幅とか、ブルボンのアルフォートは青より水いろ派なところとか……」

「だったらそれを言えばいいじゃない」

無造作に藍が切り捨てる。

「言いなさいよ、そのまま全部」

「い、言えませんよお」

森司は身悶《みもだ》えした。

「頭がおかしいと思われたらどうするんです」

「思わないわよ。こよみちゃんがきみをそんなふうに思うわけないでしょ」

「いやそりゃ、確かに灘は寛大です。心やさしくキャパの広い子です。しかしですね、ものには限度というものが――……」

そこまで訴えたとき、部室の引き戸が開いた。

「おはよう。いやー今日も寒いねえ」

黒沼部長であった。いつもどおり、背後に従者のごとき従弟《いとこ》を連れている。見上げるような長身の偉丈夫、黒沼泉水《いずみ》だ。

「波浪風雪注意報が解除になったらしいよ。明日から天気はゆっくり回復するそうだ。ありがたいよね。遠出するのに、吹雪《ふぶ》かれたらたまったもんじゃない」

「なに言ってんだ。おまえは運転しないだろうが」

泉水が低く突っ込みを入れた。

「ハンドルを握るのはおれだ。おまえが大変そうに言うな」

「なになに？　二人で遠出するの？」

森司から湯気の立つカップを受けとり、藍が問うた。

「こんな中途半端な時期に、まさか旅行？」

「だったらいいんだけどね。残念ながら家の用事」

部長は肩をすくめた。

「本来なら、家長であるうちの祖父が行くべきなんだ。でも祖父ももう高齢だし、真冬に出かけるのはしんどいってことで、急遽《きゅうきょ》ぼくが代役に指名されたの。三十三年に一度めぐってくるらしい、謎の儀式のおつとめ番だよ」

「へえ、部長が好きそうな話じゃない」

藍は泉水を見上げた。

「いつもの部長なら大喜びしそうよね。なんで今回に限って、こんないやな顔してるの？」

「まあ家がらみだからな」

泉水が答えた。

「実家がからむと、いろいろとしがらみが面倒くせえんだ。黒沼の看板を背負うぶん、制約も多い。若殿さまの好き勝手にはできんってわけだ」

「納得」

藍がうなずくと同時に、引き戸がふたたび開いた。

顔を覗《のぞ》かせたのは部員の鈴木《すずき》瑠依《るい》であった。戸口で立ちどまり、頭に薄く積もった雪を払う。

数歩遅れて、灘こよみも到着した。肩の雪を同じく払い落とし、鈴木とともに部室へ入ってくる。

「こよみちゃあん」

藍が立ちあがり、まだコート姿のこよみに抱きついた。

「藍さん」

こよみも両手でしっかと藍を抱きとめる。

「二日ぶりね。ああ会いたかった。仕事で来れなくてごめんね」

「わたしも会いたかったです」

――うらやましい。

部員たちにカップを配りつつ、森司は藍たちを見てしみじみと思った。

美女と美少女の抱擁。じつに目の保養かつ、うらやましい。

おれがああやって藍さんに抱きついたら確実に殴られるし、こよみちゃんに抱きつけば変質者扱いだろう。なのに同性同士なら問題なしなのだ。

おれが同性の泉水さんや鈴木に抱きついても気持ちよくないし、誰もうらやましがらないのに、これもまた世の理不尽――。などと愚考がそこまで及んだところで、

「あ、そうだ」

ぱん、と部長が両の手を叩《たた》いた。

「そういや明日から三連休だよね。みんな、明後日《あさって》の土曜って暇？　ぼくらの用事は土曜の昼には終わるから、そのあと合流して月岡《つきおか》温泉でも行かない？　よければ一泊ぶん、ぼくがおごるよ」

「行く！」

いち早く賛成したのは藍だった。

「温泉行きたい！　毎日の雪かきで、体じゅう凝ってがちがちだもん。それに雪国の冬なんて、温泉できゅっと熱燗《あつかん》くらいしか楽しみがないわ。社会人になったいまなら、なおさらよ」

「藍さんが行くならわたしも」

　こよみが手を上げた。

「ほしたらおれも」鈴木が追随し、「み、みんなが行くならおれも」と森司が最後に賛意を示した。

「じゃあ決まりね」

　部長がいま一度、手を音高く叩く。

「ぼくと泉水ちゃんは明朝九時出発で、中越《ちゅうえつ》の白良馬《しらんば》村ってとこに行くんだ。そこで黒沼家代表として、夜どおし儀式を見届けろと言われてる。それが済んだらちょっと仮眠して、村のみなさんにおいとまを告げて——たぶん正午ごろに解放される予定かな。だから、ええと……」

「午後二時にはこっちに戻ってこれるな」

　泉水があとを引きとった。

「ファミレスあたりで落ち合って、二台に分乗して月岡まで向かえばいい」

「ＯＫ。あたし車出す！」

藍がうきうきと言った。

「月岡温泉かあ、ひさしぶりー。あそこ硫黄成分多くて好きなのよ。こよみちゃん、一緒にマッサージ頼もうね。最近はどこの旅館もアロママッサージとかヘッドスパとか、いろいろ充実してるから」

「はい」

藍にうなずいてから、こよみは部長に向きなおった。

「部長たちは、黒沼家代表として行くんですよね。その儀式を見届けるだけでいいんですか？　特殊なお役目があるとか？」

「ううん。なにかやれとは、とくに言われてない」

部長はかぶりを振った。

「祖父が言うには、白良馬村の白葉《しろば》家は〝黒沼家《うち》の、血の繋《つな》がらない分家〟のひとつらしい。うちはいろいろとややこしい家でね。古い因習のうちの、ある一部分を謙譲したって意味での分家がいくつもあるんだ。今回はその分家のひとつを、〝監督〟しに行けと言われてる。なんでも三十三年に一度おこなわれる儀式に、黒沼家の家長が必ず参加するって決まりがあるらしい」

「シランバ村の、シロバ家ですか」

鈴木が復唱した。

「ややこしいですな」

「ぼくもそう思う。でももとの屋号は、もっとややこしい〝シラバ〟だったそうだ。明治八年に『平民苗字《みようじ》必称義務令』が出されたとき、漢字を白葉と当て、読みを〝シロバ〟に変えたらしい。たぶん不敬だとでも思ったんじゃないかな。シランバは、村の氏神をあらわす名でもあるそうだから」

「神」

なんとはなし、森司は鸚鵡《おうむ》がえしにした。

「つまり部長たちは、その氏神の儀式のために行くんですね」

「そういうこと」

「危なくないんですか」

なかば無意識に、森司はそう尋ねた。

とくに根拠のない問いだ。しかし部長の口から「神」の言葉を聞いた瞬間、なぜか胸がざわついた。妙に不快な波立ちであった。

「危なくはないと思うよ。もしそうなら、祖父がぼくを代理にするわけないし」

部長は顎《あご》を引いてから、

「ほら、お正月に受けた一件があったじゃない。百々畝凪《どどうねなぎ》さんの案件」

と人差し指を立てた。

「百々畝家には、代々特殊な儀式が伝わってたよね。ああいう家って、みんなが思うより意外と多いんだよ。基本的に門外不出だから、世間に大っぴらに認識されることがないだけで」

「じゃあその白良馬村の白葉家も、百々畝家と似た感じってこと？」

「だと思う」

藍の言葉に、部長はうなずいた。

「ああいった儀式を持つ家は基本的に、〝なにかしら恩恵をもたらす、人ならざるもの〟と繋がっている。一種の座敷童子《ざしきわらし》みたいなもんだね。百々畝家は、それを家内に飼っていた。一方で白良馬村の白葉家は、三十三年に一度の儀式をもって、訪れて去るそれに感謝を捧《ささ》げるらしい。

鎖で繋ぐように飼うか、神と崇《あが》めるかはそれぞれのスタンスの違いでしかない。個人的には『どこん家《ち》も危険なことしてるなあ』と、ある意味感心しちゃうけどね。そして危険だからこそ、本家たる黒沼家からは必ず監督役が派遣される」

「はあ、大役なんですね」

森司は感心した。部長が薄く笑って、

「次代の黒沼家当主がぼくなのは、いまんとこ揺るぎないからしょうがないね。でもさいわい、一晩きりのお役目で済むらしい」

「一応訊《き》いていいですか？　白良馬村のそれは、どんな神さまなんですか」

こよみが眉間《みけん》に皺《しわ》を刻んで問う。

部長が答えた。

「さっきも言ったとおり、監督だけだから危険はないはず。祖父からは『オシラサマがいる村だ』と聞かされてるよ」

「オシラサマ――って、あの？」

「そう。東北一帯に伝わる、あのオシラサマの亜種らしい」

目を細め、部長がこよみに微笑みかえす。

オシラサマ、と森司は胸中でその名を繰りかえした。

どこかで聞いたことがあるようなないような、なんとも不思議な響きだ。

しかし思考とは関係なく、自然と視線はこよみの首もとに――鎖骨のあたりで輝く、青みを帯びた真珠に吸い寄せられていた。

「ほんと言うと、ぼく一人で行くのが筋《すじ》らしいんだけど」

部長が苦笑する。

「でも知ってのとおり、ぼくは致命的かつ壊滅的な方向音痴だ。泉水ちゃんにも『一人で行かせるか』って言われてる。ここはできるだけ無難にお役目を終えて、さっさと退散してくるよ。そんで終わり次第、みんなで温泉でぱーっと遊ぶとしよう」

3

＊二月五日　午前十時四十二分

平日だというのに、国道沿いに建つ大型ショッピングセンターは混んでいた。

入口に近い第一駐車場だけではない。第二駐車場まで、ほぼ満車だ。フードコートのテーブルも賑《にぎ》わっており、テナントとして入っているモバイル会社の出張所には、短いながらも人の列ができていた。

――ここは立地がいいものね。駐車場は広いし、車だって入りやすいし。

そう児玉宏美《こだまひろみ》はひとりごちた。

敷地内のポストに寒中見舞いを投函《とうかん》して、自動ドアをくぐる。重ね置かれたカートを一台引きだし、押しながら歩きだす。

このショッピングセンターは人口八万人強の館束市と、一万人弱の宇佐《うさ》町との境に建っている。客層は館束市の住民が七割、宇佐町からが二割、その向こうにある白良馬村の村民が一割といったところだ。

ここ二、三十年で、ちいさな個人商店はめっきり減った。どこの駅前商店街も、さびれてシャッター通りと化している。流行《はや》っているのは、こうした車主体の郊外型ショッピングセンターばかりである。

――まあ、運転できるうちはいいけどねえ。

とはいえわたしもそろそろ、心もとなくなってきたわ。宏美はため息をついた。

彼女は五十代なかばだ。最近は老眼がひどいし、視力そのものも下がった。

「高速を逆走」「暴走老人」などと報道される前に、免許を返納したいとは思っている。だがあいにく、返納したあとに頼れる家族はなかった。

――夫とはとうに離婚したし、子供だって……。

再度のため息が洩《も》れかける。

しかしそのとき、宏美は前方から歩いてくる母子連《おやこ》れに気づいた。

母親のほうも、宏美に気づいて目を細める。

母子連れと言っても、母親は宏美と同年代で、娘は三十代前半だ。出産のための里帰り中なのか、娘のお腹が大きい。

「こんにちは」

「あら児玉さん。こんにちは」

母親は如才ない女性だった。だが宏美を見た瞬間、ほんのわずかに眉《まゆ》を曇らせた。そして臨月の娘を背後へ隠すように、さりげなく前に一歩踏み出した。

こういうとき、宏美は自分の目ざとさをすこし恨む。気づかずにいられたらいいのに、もっと鈍感ならよかったのに、と思う。

――でも、心配しないで。

宏美は母親に心中で話しかけた。

大丈夫よ、気づいてもわたしは気を悪くしたりしない。あなたの気持ちはわかるし、十二分に理解できる。母親というのは、娘を守ってこそよね。

――それに、警戒されてもしかたがない。

だってあの事件のあと、わたしは実際にしばらくおかしかった。心の傷が癒《い》えるまで、五、六年はかかっただろうか。とくに事件直後はひどかった。ろくに眠れず、食べられず、悪夢ばかりの日々がつづいた。

外を見れば、道行く人がみな幸せそうで憎らしかった。親子連れを見るたび、胸が引き絞られて痛んだ。半狂乱で往来に飛びだしたことさえ、何度かあった。

――夫が離れていって、当然だわ。

そんな内心を押し隠し、宏美は穏やかに微笑む。

「明日からまた雪だそうで」

「ねえ。積もらないといいんですけど」

あたりさわりのない会話を交わし、かるく会釈して母子から離れた。だが数歩歩いたところで、

「お母さん、いまの人って――あの児玉さん？」

お腹の大きな娘の声が、宏美の背に刺さった。

「しっ」

母親が短くとがめた。

しかし娘は口を閉じようとしない。

「驚いたあ。でもずいぶん元気になったね。別人みたいにまともじゃない。あの事件っ

て、ええと、もう二十年も前になるの？　だよね、あの頃のあたし、まだ小学生だったもんね……」

宏美は足早に母子から離れた。

カートを押しながら、食料品が並ぶ棚の間を歩く。頭上の誘導看板を目で追う。『プリン・ヨーグルト・ゼリー』の看板が出ている棚を見つけ、宏美はカートの向きを変えた。

棚にずらりと並ぶ商品を眺める。

心中で三つ数え、深呼吸した。

ブルーベリーやアロエのイラスト入りのヨーグルト。桃、葡萄《ぶどう》、蜜柑《みかん》と、色とりどりに輝くゼリー。はたまた抹茶やチョコレートや、カスタードのプリン。

目を走らせるうち、すこしずつ心が凪《な》いでいくのがわかった。

——ええ、そう、あの子は焼きプリンが好きなのよ。

宏美はまだ硬い頬で微笑んだ。

焼きプリン、もしくは上に生クリームが載ったプリン。とろとろの柔らかすぎるプリンは好んで食べない。かといって硬すぎても駄目だ。適度な柔らかさで、卵の味がしっかりしたプリンでないといけない。

「……いまどきは低糖質プリンなんていうのも出てるのね。でも子供には、関係ないわねえ……」

低く言いながら、焼きプリンを二つ買い物籠《かご》に入れた。

すこし考えて、桃のゼリーも追加する。

「お昼は焼きうどんにしようかしら。あの子は焼きそばより、焼きうどんが好きだものね。キャベツとたまねぎをどっさり入れて、ピーマンはなし。お肉は炒《いた》めすぎて硬くならないよう、さっと……」

ぶつぶつと宏美はつぶやいた。心が次第に浮き立ちつつあった。

そう、焼きプリンに桃のゼリー。そして野菜たっぷりの焼きうどん。大丈夫だ。全部覚えている。忘れてなんかいない。

――当たりまえよね。わが子の好物を忘れるわけないじゃない。

「夜は甘い茶碗蒸《ちゃわんむ》しにしましょう。それから海老《えび》の真薯《しんじょ》。活《い》きのいい甘海老があったら、はんぺんと一緒に擂《す》り鉢で擂って――」

宏美は口の中で唱える。

栗入りの甘い茶碗蒸しも、海老真薯も、娘の大好物だ。宏美自身の好物でもあるが、自分一人のために作る気は起きなかった。現にここ二十年は、一度も作ってこなかった。

「あ、そうだ。栗の甘露煮を買わなくちゃ……」

宏美はカートを押し、急いで通路を戻った。

ショッピングセンターから約六キロ離れた、館東市の閑静な住宅街に児玉家は建っている。

築三十年超の一軒家だった。宏美の両親が建てた家で、いまは宏美単独の名義である。かつては夫と娘と、三人で住んだ家であった。

雪よけの風防室にはスノーダンプやシャベル、灯油タンク等と並んで、女児用の自転車が置いてある。

二十年間、置かれたままの自転車だった。いまや日焼けで色落ちし、金具も錆《さ》びている。籠に付いたキャラクターは、色褪《いろあ》せてほとんど見えない。

宏美は自転車の脇をすり抜け、玄関扉を開錠した。

「ただいま。ミイちゃん」

三和土《たたき》でブーツを脱ぎながら、家内へ声をかける。

応《こた》える声はなかった。しかし気にならなかった。宏美は買い物袋を抱え、駆けるように廊下を急いだ。

「ミイちゃん、いい子にしてた？」

障子戸を開ける。

居間だった。畳敷きの八畳間の真ん中には大きな座卓が据わり、壁ぎわにはテレビ、灯油ストーブ、茶簞笥《ちゃだんす》、空気清浄機などがぐるりと並ぶ。

灯油ストーブは〝弱〟設定で点《つ》けたままだった。そして背もたれを倒した座椅子には、毛布でくるんだそれが横たえられていた。

「焼きプリンとゼリーを買ってきたわよ。好きでしょう？　お昼は焼きうどんにするからね。すぐできるから、ちょっとだけ待ってて」

毛布がかすかに上下している。

上下している限り、安心だった。それが呼吸していると目で確認できた。だがその動きは浅く、ひどく弱々しかった。

宏美は買い物袋をキッチンに置き、エプロンを着けた。

「焼きうどんができるまで、テレビでも観ててちょうだい。ああ、あれ録画したんじゃなかった？『おジャ魔女どれみ』。ミイちゃん好きでしょ、どれみちゃん……」

ワークトップに置きっぱなしの砥石《といし》とナイフを、宏美は手でどかした。

この二十年の間、毎日欠かさず研いできた大事なハンティングナイフであった。

だがお昼を作る間くらいは、どかしておいてもいいだろう。

――いまはミイちゃんのために、お昼を作らなきゃ。

そう、だから後まわしでいい。

わたしから美結《みゆ》を奪った男が再度あらわれたら、今度こそ殺してやると思っていた。そのため日がな一日ナイフを研ぎ、〝次〟にそなえて待ちかまえていた。

――でもミイちゃんが帰ってきたんだから、研ぐのはあとでいいわ。

己の思考の矛盾にも気づかず、宏美は冷蔵庫の野菜室を開ける。

鼻歌まじりに、彼女は奥からキャベツを取りだした。

4

＊二月七日　午後七時三十一分

落合純太《おちあいじゅんた》は、ほとほと困っていた。

純太は三人兄弟の末っ子である。父が四十三歳、母が三十八歳のときにできた子だ。上は二人とも兄で、長兄とは十二歳、次兄とは九歳離れている。

だからして、家族じゅうに可愛がられて育った自覚はあった。しかし甘やかされたつもりはない。親の言いつけをよく聞き、いまは県外で独り立ちする兄たちのことも、心から尊敬してきた。

とりわけ県警捜査一課の刑事であった父を、憧《あこが》れつつ敬ってきたつもりだ。

——でもその父がまさか、定年後にこうなるとは。

父の益弘《ますひろ》が定年退職したのは、二年前の春である。

三十年以上、刑事畑一本の男だった。退職したときは警部補で、役職は強行犯係の係長であった。

退職後の半年ほど、益弘は釣りや登山、ゴルフなどを楽しんでいた。だがある日「遊び飽きた」と言い、駅前商店街の見まわり役を引き受けてきた。

「バイトじゃないぞ。ただの道楽だ」

益弘はそう笑った。

その言葉どおり、警備員のような雇用契約はなく、時間の制約もなかった。気まぐれにふらっと商店街にあらわれては、ぶらぶら歩いて見張るだけのお役目である。

とはいえ、それなりに効果はあったようだ。

万引きや盗撮、置き引きのたぐいは以前の四分の一まで減ったらしい。また弁当屋の看板娘に付きまとうストーカー男も、益弘の一喝であえなく退散した。

益弘は感謝されてご満悦。商店街は万引きやストーカーが減ってほくほくの、まさにWIN-WINな関係であった。

しかし残念ながら、お役目はわずか一年で終わった。

当の益弘が、脳梗塞《のうこうそく》で倒れたからである。

商店街の見まわり中に激しい頭痛を訴えた彼に、精肉店の店主が救急車を呼んだ。純太が母とともに急いで病院に駆けつけたとき、益弘は紙のように真っ白な顔で、個室のベッドに横たわっていた。

さいわい脳梗塞はかるいもので、四肢に麻痺《まひ》は残らなかった。

退院した益弘に、商店街の会長は「リハビリがてら、ぜひ見まわりをつづけてくれ」と懇願した。しかし益弘のほうで辞退した。

「また倒れて迷惑をかけるわけにはいかん。でもなにかあったら、いつでも声をかけて

くださ い。ストーカーを怒鳴りつけるくらいなら、まだやれます」

というわけで、益弘はふたたび生活を一変させた。

みずから禁煙互助会に通いはじめたばかりか、会場まで往復一時間半の距離を競歩で歩くようになった。大好きな唐揚げやカレーを絶って、魚と野菜中心の食生活をこころがけた。

「うちのお父さんが禁煙なんて、無理無理。体重だって、どうせ買い食いするから減りゃしないわよ」

と母は笑ったが、益弘の意志は固かった。

人が変わったようにストイックになり、煙草には見向きもせず、〝煮魚とおひたし、減塩味噌汁《みそしる》〟といった食事を黙々と摂《と》るようになった。血圧と血糖値は面白いように下がった。

そこまではよかったのだ――。そう、そこまでは。

純太が異変を感じたのは、父の退院から約四十日が経ったある朝だ。

その日は木曜で、純太は午後から講義に出る予定だった。遠慮なく朝寝坊し、十一時近くに目を覚ますと、なにやら階下が騒がしかった。

「父さん？」

声をかけながら階段を下りる。

玄関さきで益弘が、なぜか近所の五十代の主婦と言い合いをしていた。

「おかしいものをおかしいと言っただけですよ」

と言う父に、主婦が真っ赤な顔で食ってかかる。

「おかしいのはそちらのほうでしょう！　なんなんですかいったい。失礼にもほどがあります！　だいたい、なんの証拠があってそんな言いがかりを……」

「ちょ、ちょっと、どうしたの」

慌てて純太は割って入った。

「まあまあ、二人とも落ちついて。喧嘩《けんか》はやめましょう」

「喧嘩なんかじゃありません！」

主婦が叫んで、上がり框《がまち》に回覧板を投げつける。びくっと純太は身をすくめた。しかし益弘は平然としたもので、

「いや聞いてくれよ、純太」

と息子を振りかえった。

「こちらの奥さんはな、上のお姉ちゃんを奨学金で大学へ行かせて、びた一文出さんかったんだ。なのに下の子には、一月十五万も仕送りしてるんだぞ。『お父さんとお姉ちゃんには内緒ね』なんて言葉付きでだ。おまけにこの奥さん、上のお姉ちゃんの就職まで邪魔しようとしてる。なんでかっていうと、家に呼び戻して、ばあさまの介護を押しつける肚《はら》づもり……」

「や、やめて！　黙って！　それ以上言ったら訴えますからね。訴え――」

主婦に言われたとおり、益弘はそこで黙った。

だが無駄だった。興奮しすぎた主婦は、その場でぱったり卒倒したのである。

その後は純太が主婦の家へ走るやら、町内会長が駆けつけるやらの大騒ぎだった。

パートから帰った母は騒動を知るや、かんかんになって怒った。

だが益弘は、頑として謝らなかった。

「あの奥さんは不公平すぎる。わが子への愛情に、あんなに差を付けるなんておかしいぞ。おれは間違ったことは言ってない」

「間違ってるとか間違ってないとかじゃないの！　なにも知らないくせに、よそのお宅の事情に難癖を付けて責めるなんてどうかしてるわ」

母がそう言うと、

「なにも知らないくせに、だって？」

益弘はきょとんと答えた。

「知ってるよ。――視《み》えたからな」

数日後、くだんの主婦の家で派手な夫婦《ふうふ》喧嘩《げんか》が起こった。怒号と金切り声は、閉めきった窓を通してさえ近所じゅうに響きわたった。

どうやら学費と仕送りの件はほんとうだったらしい。

「どうしておまえは、そうお姉ちゃんにばかりつらく当たるんだ！」

と怒鳴る夫の声。

「あんな子、お義母《かあ》さんにそっくりで全然可愛くない！　わたしには下の子だけいればいいの！」

と泣き叫ぶ主婦の声が、冷えた夜気にこだました。

その後、夫婦喧嘩は完全に決裂したらしい。くだんの主婦は県外の実家に帰ってしまい、戻る様子はいまだにない。

子供への仕送りがどうなったかも不明だ。だが風の噂では〝上のお姉ちゃん〟が介護を押しつけられる心配はなくなったらしい。父親がきっちり手を打ったとかで、他人事《ひとごと》ながら純太はほっとした。

益弘は最後まで「なんでか知らんが、視えたんだ」の一点張りだった。

周囲は釈然としないながらも、

「まあ、元刑事の眼力ってやつかね」

「落合さんは勘が鋭いから、言葉の端ばしから察するものがあったんだろう」

で片づけた。

だが、事態はそれだけではおさまらなかった。

騒動の翌月にも、奇妙なことが起こったのだ。

その騒ぎは早朝のゴミ捨て場で勃発《ぼっぱつ》した。主役はやはり落合益弘で、お相手は二軒隣の一人息子だ。歳は四十代なかばで、二十年以上も半引きこもりの生活をつづけている無職の息子である。

きっかけはゴミ捨て場の前で、その息子が益弘にすれ違いざま肩をぶつけたことらしい。謝りもせず立ち去ろうとした息子に、

「ちょっと待った」

益弘は言った。

「そいつはまずいだろう、きみ。それは人の道に反しとるよ」

「はあ？」

髪も髭《ひげ》も、数年間伸ばしっぱなしの息子が振りかえる。益弘に向かって、威嚇するように片目を細める。

「なんですかそれ、偉そうに。ちょっとぶつかっただけでしょ。大げさに騒いで、そんなに謝ってほしいんですか？」

長らく発声していないのか、ひどくかすれた声だった。まわらぬ呂律《ろれつ》と、たどたどしい早口で言いかえしてくる。

「いや、わたしに謝ってほしいんじゃないよ」

「じゃあなんなんです。なんで絡んでくるんだよ」

「絡んでるわけじゃない。ただ、お母さんがお気の毒だと言ってるんだ」

ぎくり、と息子の肩が強張《こわば》った。

それまで二人を止めるべく狼狽《ろうばい》していた近隣住民は、

「息子さんの顔いろが、急に変わったのがわかった」

と、のちに口を揃えて証言した。

素人目にもわかる顕著な反応だったらしい。血の気を失ってがたがたと震えだした息子に、益弘はさらに言いつのった。

「気持ちはわからんでもない。つらいのも、しんどいのもわかるよ。……だがな、それは駄目だ。お母さんのためにも、きみのためにもならん」

益弘は息子の真正面に立った。

「大丈夫だ。わたしが力になるよ。面倒なことがあれば代わりにやってやろう。いつでも頼ってくればいい。だから――な？」

彼の肩に手を置く。

「警察に電話しよう。いや、させてくれ。時間が経つと、どんどん言いだしづらくなるぞ。そんなことは、お母さんだって本意じゃないはずだ」

「うっ、……」

息子が呻《うめ》いた。

両手で顔を覆う。その指の隙間から、低い嗚咽《おえつ》が漏れはじめた。

あっけに取られる近隣住民を後目《しりめ》に、益弘は言った。

「さあ、きみの家へ行こう。大丈夫、いまなら間に合う。きみに悪意がなかったことは、わたしも証言してやるから」

言いながら、町内会長を振りかえる。

「すみませんが一緒に来てもらえますか。いや、その前に通報もお願いします」

果たして彼らが二軒隣のその家を訪れると、

「一歩入った途端、異臭がした」

と町内会長はのちに語った。

異臭の源は、一階の奥の部屋からだった。町内会長をともなって益弘は廊下を歩き、その部屋の障子戸を開けた。

母親の寝室だった。

老いた母親は床に敷いた布団に横たわっており——息子の話によれば、死後三日が経っていた。

「だって、だって……、どうすればいいか、わかんなかった」

息子は幼児のように泣きじゃくった。

益弘の肩にすがりながら、息子は訴えた。

長らく親の年金で暮らしてきたこと。母が死ねばその年金も打ち切られ、自分は終わりだと思ったこと。

三年前に父が死んだとき、葬儀会社とトラブルがあったこと。そのときは母が対処したが、向こうの社員が高圧的で怖かったこと。自分一人で葬儀会社と渡り合う自信がないこと。もう例の社員に会いたくなかったこと、等々を——。

「わかったわかった」

しゃくりあげる息子の背を、益弘はやさしく叩《たた》いた。

「気持ちはわかったよ。きみだってほんとは、お母さんをこのままにしておきたくないんだよな？　うん。遺体がひどいことになる前に知れて、ほんとうによかった」

警察は二十分後にやってきた。

検視の結果、遺体に不審な点はなく自然死と判断された。

そうして益弘は約束どおり、葬儀会社との交渉を息子に代わってあらかた引き受けてやった。喪主はさすがに息子本人が務めたものの、絶えず彼の横に付き添い、支えてやった。

しかしこれで一件落着とはいかなかった。

当の益弘が近隣住民に、「さすがに気味が悪い」と遠ざけられるようになったのだ。

「たったあれだけのやりとりで、どうして家に死体があるとわかったんだ」

「いくら落合さんが元刑事とはいえ、勘がよすぎる。不自然だ」

「近所じゅうに盗聴器を仕掛けてるんじゃないか」

「刑事は嘘で、じつは公安だったのでは」

「いやスパイかも」

そんな馬鹿げた噂が流されたのちも、益弘は言動をあらためようとはしなかった。

スーパーで行き会った女子高生に「きみ、いじめなんていかんよ」と注意し、駅ですれ違ったスーツ姿の紳士に「痴漢はやめなさい」と説教した。

益弘に呼び止められた彼らは判で押したように、さっと顔いろを失くすか、「失礼な。なな、なんの証拠があって」と気色ばんだ。図星を突かれた、と白状しているようなものだった。

かくして益弘はますます不気味がられた。

近隣住民は益弘本人ばかりか、息子の純太を見ても、そそくさと早足で逃げるまでになった。母親は嘆き、純太はほとほと弱った。しかし益弘はあいかわらず、涼しい顔で近所を闊歩《かっぽ》した。

「……うちの親父がおかしくなっちゃってさ。ほんと参るよ」

そう純太が一連の件を大学で愚痴ると、

「おまえそれ、オカ研案件じゃん」

と友人は笑った。

「オカケンアンケン？　なんだそれ」

「知らねえの？　雪大《うち》のオカルト研究会って有名なんだぜ。三田村先輩なら知ってるだろ？　四コ上の三田村藍さん」

「もちろん」

純太は深くうなずいた。高校の先輩――在校期間が一年ずれた純太ですら知っている、伝説級の有名な先輩だ。

友人は得々と鼻をうごめかせて、

「三田村先輩もそこの部員だったんだよ」と言った。

「おれが睨《にら》んだとこ、おまえの親父さんはたぶんオカルト案件だ。あの、あれだよあれ。えーっと、サイコメトリーってやつ」

「サイコ……？」

「物に染みついた記憶を読む超能力だよ。おまえの話じゃ、親父さんは主婦から回覧板を受けとったり、引きこもりの息子にぶつかったときに能力が発動したんだろ？　つまり回覧板や、服に付いた記憶を親父さんは視たってわけさ」

「はあ？　アホか。なんだそれ」

純太は一笑に付した。

「こじつけもいいとこだ。くっだらねえ」

とはいえ帰宅して友人の話を思いかえすと、

「超能力ねえ。……あり得なくもないかな」

という気分になってきた。

――サイコメトリー、か。

その日の夕食後、純太は自分の食器をシンクに運んでからテーブルに戻り、スマートフォンを取りだした。

ブラウザアプリを立ちあげ、検索する。

〝サイコメトリー〟と入力してタップすると、ウィキペディアをはじめ、いくつものペ

ージが見つかった。それらの記事いわく、

『物品に付着した残留思念を読みとる能力。アメリカの心霊研究家であるジョセフ・ローズ・ブキャナンが提唱した用語である。考古学や犯罪捜査に活用されたことで、一躍有名になった。後者のサイコメトリストは、ジェラール・クロワゼやピーター・フルコスなどがとくに有名』だそうである。

「へえ、犯罪捜査……」

思わずつぶやきが洩《も》れ、慌てて口をつぐむ。

さいわい、シンクの前に立つ母の耳には届かなかったようだ。同じく夕飯を終えた父はといえば、郵便物の仕分けに夢中である。

「つくづく老眼ってのはいやなもんだな。遠くも近くも見えんじゃないか」

ぶつぶつ言いながら、益弘は郵便物を選《よ》り分けていた。

ダイレクトメール。電気料金のお知らせ。年金機構からの圧着はがき。寒中見舞い。顔の広い彼のもとには、定年後も三百枚を超える年賀状や挨拶《あいさつ》状が届く。

「手伝おうか？」と、純太が言いかけたそのとき。

益弘の手が止まった。

手にした寒中見舞いを、父がまじまじと見つめる。食い入るような凝視だった。室内の空気が、一変したのがわかった。

——ああ、あれだ。

純太は思った。

あの回覧板の日と同じ空気だ。

父の身に、またあれが起ころうとしている。

「父さ……」

だが純太が声を発する前に、

「純太」

益弘がゆっくりと振りかえった。

「……すまんが、車で送ってくれ。いますぐだ」

「え」

純太は息を呑《の》んだ。

「送れって、ど、どこに」

益弘はそれには答えず、つづけた。

「おれはいつまたぶっ倒れるかわからんからな。運転は駄目なんだ。――頼む、純太。大至急の要件だ。小一時間でいいから、おれの運転手をしてくれ」

父のその目つきも顔も、真剣そのものであった。

5

＊二月十一日　午前十一時五分

灰白色の曇り空がどこまでもつづく、いつもの冬景色だった。

黒沼泉水は予定どおり、本家の麟太郎とともに白良馬村に向かっていた。

だが国道を右折してからわずか二十分走っただけで、空以外の景色はさま変わりする。道がみるみる狭くなり、勾配《こうばい》のきついのぼり坂になっていく。

ときおりすれ違う軽トラとは、譲り合いながらでないと通り抜けることさえかなわない。ただでさえ細くくねった杣道《そまみち》だというのに、下越《かえつ》よりはるかに多い雪が両脇に壁を成している。道幅はおそらく、夏季の半分以下だろう。

「このへんは、もう白良馬村だね」

助手席から麟太郎が言う。

道路のひどさに反比例して、並ぶ家々はどれも新しく立派だった。

「昔は養蚕業がさかんな村だったらしいよ。いまでも絹織物や着物職人で有名だ。繊維製品メーカー『ベルズ』創設者の誕生の地でもあるらしい。面積こそちいさいけど、富裕な村なんだね」

「なるほど」

泉水が運転する型落ちのクラウンは、ひときわ大きな一軒家の前で停まった。

瓦《かわら》屋根付きの豪奢《ごうしゃ》な門はあれど、門扉はない。おかげで中がまる見えだった。

広大な庭に石造りの鳥居と東屋《あずまや》、離れ家をひとつずつ。さらに海鼠壁《なまこかべ》の土蔵を三つも並べた、文字どおりの〝お屋敷〟である。

入ってすぐにはシャッター付きの車庫が五台ぶんあった。その入口を塞《ふさ》がぬよう、手前に白のアテンザが一台駐《と》まっている。

泉水は鳥居をくぐり、アテンザの横へクラウンを駐めた。

十秒と経たぬうち、屋敷から人が走り出てきた。クラウンのエンジン音を聞いて駆けつけたらしい。待ちかまえていたようだ、と泉水は察した。

「黒沼さまですね」

五十歳前後に見える男だった。

背はさほど高くないが、よく日焼けした顔が精悍《せいかん》だ。若い頃はさぞ好青年だったに違いない。唇から覗《のぞ》く歯並びがきれいだった。イントネーションに訛《なま》りが薄い。

「そうです。黒沼の者です」

助手席から降りた麟太郎がうなずく。

男は笑みでくしゃっと顔を崩した。

「だと思いました。いやあ、先代の当主さまそっくりだ」

しかしその視線は麟太郎でなく、まっすぐ泉水に向けられていた。泉水は運転席のドアを閉め、かぶりを振った。

「いいえ、おれは付き添いの分家です。本家の次期当主は、こちらの麟太郎さ、――さま、です」

ひさしぶりの「さま」付けに、つい舌がもつれた。耳ざとい麟太郎が、口の端でにやっと笑う。

だが眼前の男は笑うどころではなかった。一瞬にして青ざめ、深ぶかと腰を折った。

「も、申しわけございません。これはどうも、まことにご無礼を」

「いえいえ、なにも無礼なことなんてありません」

鷹揚《おうよう》に麟太郎は手を振った。

「どうぞお顔をあげてください。ぼくだって『泉水ちゃんと並ぶと、彼のほうが本家に見えるよなー』っていつも思いますしね。祖父と彼がそっくりなのも、ほんとのことです。それはそうと、白葉家のかたですか？」

「はい。次男の和史《かずふみ》と申します」

「ああ、祭祀《さいし》の実質的な主催者さんだそうですね。祖父からうかがっております。今夜はどうぞよろしくお願いします」

「はっ、黒沼さまからそんな、もったいないお言葉。こちらこそ、なにとぞご監督のほどをお願い申しあげます」

しゃちほこばって、和史は幾度もぺこぺこと頭を下げた。

「――このようなあばら家で、まことに失礼いたします。ですが儀式の時間まで、どうぞこちらの離れでお休みを」

そんな謙遜《けんそん》とともに、泉水と麟太郎は屋敷の離れに通された。

あばら家どころか、離れは白木の柱もまばゆい贅沢《ぜいたく》な平屋であった。

部屋数こそ二つきりだが、トイレやシャワーなどの水まわりは最新の設備である。玄関戸に鍵《かぎ》がないというセキュリティ面の粗《あら》に目をつぶれば、一泊旅には充分すぎる宿だ。

和史が一礼して去るのを見送り、泉水は畳に荷物を投げだした。

「……歓待してもらえるのは有難い。だが馬鹿丁寧すぎて疲れるぜ。同じ次男筋として、身につまされちまう」

「まあまあ。お互い今夜一晩だけのことだから」

麟太郎も床にバッグを置いた。

雪見障子はむろん閉められているが、雨戸が開けはなたれており、広い庭園が一望できる。

庭木はきっちりと雪囲いされ、石灯籠《いしどうろう》や東屋はひとしく雪をかぶって凍えていた。

鹿威《ししおど》しが傾いた池も、いまは厚い氷に覆われている。いちめん白に覆われた庭で、生垣の椿だけが妖《あや》しいほど赤い。

「とはいえさっきも言ったとおり、今回の祭祀を司《つかさど》るのは和史さんだ。だからぼくらに対して、あんなにへりくだる必要はないよね。正式な祭祀継承者が長男の宗一《そういち》さんとはいえ、長男は県議の仕事が第一で、村の儀式にノータッチらしいし」

「県議？　長男は議員なのか」

「そう。先代も先々代も県議で、宗一さんは地盤を受け継いだ三代目。そっちの仕事が忙しくって、実質上の神官を和史さんに任せてるんじゃない？　だから和史さんは、祭祀の日くらいどーんと構えてくれていいのにさ。きっと、もとの性格が……」

語尾が途切れた。

「どうした？」

「しっ」

麟太郎が唇へ指を当てる。

彼の視線を泉水が目で追うと、母屋から誰か出てくるところだった。スーツに、安っぽいアノラックジャケットを羽織った男が二人だ。

アノラック越しにも、肩や背中の筋肉が張っているとわかる。たたずまいといい険しい目つきといい、どう見ても堅気の男たちではない。きびきびした足取りで、アテンザに乗りこんでいく。

「ヤクザ……じゃあねえな。ならもっといい車に乗ってるはずだ」

「警察だろうね。ということは、あのアテンザは覆面パトカーだ。生安課とか交通課の雰囲気じゃないし、刑事課の捜査員っぽいなあ」

「白葉家の誰かがやらかしたのか？　じゃあ、今夜の儀式はどうな――」

そこまで言いかけたとき、

「失礼いたします」

引き戸の向こうで声がした。

麟太郎が「はい」と応じる。すらりと引き戸が開いた。敷居の向こうに、女性が膝《ひざ》を突いて座っていた。床には急須《きゅうす》と茶筒、菓子鉢の載った堆朱《ついしゅ》の盆が置いてある。

「不調法ながら、失礼してお茶を淹《い》れさせていただきます。わたくしは和史の妻で、世《せ》津子《つこ》と申します」

夫に負けず、これまた馬鹿丁寧だ。

四十代なかばだろうか、薄手のセーターにシガレットパンツと普通の恰好《かっこう》ながら、和服が似合いそうなたたずまいである。目を奪うほどの美人ではないものの、おっとりした物腰で品がいい。

「わざわざすみません。でもお茶なんか、急須さえあれば自分たちで淹れますよ」

「いえ、黒沼さまにそんなご無礼は」

部屋に踏み入った世津子は、座卓の横でふたたび一礼した。

世津子は茶櫃《ちゃびつ》から丸湯呑《まるゆのみ》をふたつ取りだして、

「お二人のお世話はわたしと、娘の梨世《りよ》がさせていただきます。わたしは夫の手伝いもありますので、その間は梨世がこちらへ参ります」

「いやいや、お世話なんてほんと気にしないでください」

部長がさえぎった。

「ぼくら成人してますし、もののありかさえわかれば、自分のことは自分でします。お布団は、どっかのお部屋の押し入れに入ってますよね？」

しばしそこから「もちろんお床のご用意に参ります」「いえおかまいなく」の攻防があった。だが結局折れたのは、麟太郎のほうだった。

「まあ、そこは臨機応変にってことで」

と麟太郎は咳払《せきばら》いして、

「ところでご当主の宗一さんは、今夜の儀式に参加なさらないそうですね。宗一さんの奥さまはどうなんです？」

と尋ねた。己の手もとに目を落としたまま、世津子が答える。

「……兄嫁も、忙しい身ですから」

ポットを引き寄せ、急須に湯を注ぐ。

「では宗一さんのお子さんは？　子供はおられないんですか」

「一人息子の漣《れん》さんがおいでです。ですが漣さんもこのところ、残念ですがばたばたしておりまして」

つまり本家からは一人も参加しないらしい。それでいいのか、と泉水は内心で呆《あき》れた。黒沼家の当主を遠方から呼びつけるほど重要な儀式らしいのに、分家の次男一家に丸投げとはお粗末な話だ。

——やはり、さっきの警察官と関係があるのか？

あのどこからどう見ても武張《ぶば》った刑事たちは、本家の宗一もしくは漣目当てだということか。ならば白葉家の内情は確かに〝ばたばたして〟いるはずだ。分家の世津子の立場からは、そうとしか形容できまい。

「ところで、こちらの村の氏神はオシラサマだそうですね」

出された茶をふうふう吹きつつ、麟太郎が言った。

「では神社のご祭神は、いわゆる岩木山大神《イワキヤマオオカミ》？」

「いえ、うちは素盞鳴《スサノヲ》神社でございます」

世津子が答える。

「祭神は素戔鳴尊《スサノヲノミコト》。白葉家は神社の宮司であるとともに、三十三年に一度の儀式を司る祭祀継承者でもあります。社伝によれば神社の創建は永保《えいほう》三年。黒沼家から儀式をご謙譲賜《たまわ》ったのが、弘和《こうわ》元年だそうです」

「ということは黒沼家《うち》とおたくさまは、十四世紀からのお付き合いかあ」

麟太郎は前髪を掻《か》きあげて、

「しかしオシラサマと素盞鳴神社とは、珍しい取り合わせですね」

と言った。

「かもしれません」世津子が同意する。

「ですが当村の神社は土着の民間信仰と混ざりあったせいか、広島の素盞嗚神社や、同じくスサノヲサマを祀《まつ》る八坂《やさか》神社などとは大きく異なるんです。御座に櫛稲田姫命《クシナダヒメノミコト》や八柱御子神《ヤハシラミコガミ》はおりませんし、祭神の御姿も馬頭《ばとう》であらせられます」

「馬頭？　牛頭天王《ごずてんのう》でなくですか」

麟太郎は湯呑を置いた。

「スサノヲは神仏習合では牛頭天王と同じくされ、釈迦《しゃか》の生誕地にちなむ祇園精舎《ぎおんしょうじゃ》の守護神ともされてきた。一方、馬頭といえば馬頭観音が——ああそうか、そこでオシラサマと繋《つな》がるのか」

一人で合点《がてん》して、麟太郎が膝を打つ。

「オシラサマといえば、馬娘婚姻譚《たん》ですもんね」

そろそろ話に付いていけなくなってきたぞ——。泉水は菓子鉢に手を伸ばし、菓子の袋を破った。

それを察したのか、麟太郎が振りかえって、

「かの有名な、柳田國男《やなぎたくにお》の『遠野物語』にある話だよ」

と言った。

「ある村の長者の娘が、廏《うまや》の飼い馬に恋をした。馬もまた娘を憎からず思い、彼らは夫

婦になってしまった。それを知った娘の父は怒り狂った。ただちにその馬を殺し、首をはねたんだ。すると娘ははね飛んだ馬の首に乗り、空へとのぼってしまった」

「そりゃ、長者はいい災難だな」

冷静に泉水は突っ込んだ。

「娘を馬に取られるわ、空にのぼられるわ、踏んだり蹴《け》ったりだ」

「まあ空にのぼるくだりは諸説あるけどね。父が剝《は》いだ馬の生皮が、娘をくるんで飛び去ったというバージョンもある。とはいえ馬とともに娘が召される点は同じだ。しかし長者の娘は戻らなかった。

長者夫婦をはじめ、村人はみな娘の出奔を嘆き悲しんだ。

夢の中の娘は『土間の臼《うす》の中に、馬の頭のかたちをした虫がいるから見てください。桑の木の葉で飼っておくと、その虫は絹糸をこしらえます』と託宣した。両親が朝になって臼を見ると、ほんとうに虫がいた。虫は桑の葉を与えると、白い繭をかけた。それが蚕《かいこ》のはじまりで、娘と馬はオシラサマという神になった――というのが、オシラサマ伝説の主なあらすじだ」

「そういや、この村は養蚕がさかんだそうだな」

泉水は菓子を口に放りこんだ。

「しかし異種婚姻譚てのは、鶴女房や雪女みたいに〝正体が知れたら去る〟バージョンばかりかと思ってたぜ。そうでもねえんだな」

「この場合は祖神伝説のほうに分類されるのかもね。でも犬祖伝説や蛇祖伝説などの異種婚姻譚は、たいてい英雄の血統のはじまりに〝箔《はく》を付ける〟ための物語だ。オシラサマの伝説は前半と後半でがらりとトーンを変えることといい、いろいろと珍しいパターンじゃないかな。まあオシラサマ自体、かなり謎の多い神さまだしね」

麟太郎は世津子に向きなおった。

「東北一帯では、桑の木の棒に着物を着せて祀ったものを〝オシラサマ〟と呼びます。年に一度着物を替えることをオセンダクといい、子供に背負わせて一緒に遊ばせる習慣をカミアソバセと呼ぶ。白良馬村でも、それは同じでしょうか?」

「おおよそ同じ、と申しあげていいかと……。ただし細部は異なります」

「ほう。その細部を教えていただきたいなあ。もちろん世津子さんのお時間が許せば、ですが」

麟太郎が揉《も》み手《で》した。

「黒沼さまに、わたしごときの語りでよろしいなら」

ぜひに、と麟太郎は答えた。

「では僭越《せんえつ》ながら、お話しさせていただきます」

世津子が顔を上げ、膝を正す。

この村の言いつたえは、以下のとおりでございます——。そう前置きして、世津子は低く語りだした。

その昔、村の娘が廏で馬の世話をしていると、一頭の美しい栗毛が口をききはじめた。

栗毛は言った。

「わたしは西風に乗って降り立った荒神だ。おまえが花嫁になるならば、わたしはこの村と契ってやろう。今日この日から、村の子はわたしの子だ。わたしの血、わたしの肉と同然に守ってやる。村に社を建て、スサノヲを祀るがよい」

この申し出を村長《むらおさ》が承諾したため、荒神は娘を背に乗せ、天へと駆け去った。

「いいか、社を建ててわたしを祀れ。ここに芽を残し、三十三年に一度、確かめに来るからな。けっして約束を違《たが》えるなよ」

あとには壊れた廏と、娘の緋襦袢《ひじゅばん》、そして荒神の〝芽〟とが残された。

村人は社を建て、荒神が言うとおりスサノヲサマを祀った。

荒神の花嫁として去った娘はいつしかシランバサマと呼ばれ、荒神の〝芽〟はオシラサマと呼ばれるようになった。

オシラサマは手も足もなく、蚕のような姿をし、馬のような顔をしていた。口から糸を吐くように吉凶を託宣した。大雪や災害を言い当て、また村の木につく虫の繭から、絹糸を紡ぐやりかたを村人に教えた。

九十九年生きて、オシラサマは死んだ。

その亡骸《なきがら》を村人が社のそばに埋めると、一本の桑の木が生えてきた。

村人はその神木を削り、オシラサマの御姿を模して崇《あが》めた。桑の棒に、同じく桑の木で彫った馬の首をはめ、着物を着せた形代である。

オシラサマが生きていた頃と同じく、村人はこの形代をひんぱんに子供と遊ばせた。また年に一度、着物をオセンダクして大事にした。

その後もスサノヲサマは約束どおり、三十三年に一度あらわれる。社を見届け、荒神を称《たた》える儀式を見届け、馬に乗って帰ってゆく。

かくしてスサノヲサマとシランバサマを祀りつづける限り、この村は永久《とこしえ》に富み栄えつづけるのだ——。

「それが、この村の伝説です」

世津子が締めくくった。

「ふうむ。荒神は〝わたしを祀れ〟ではなく〝スサノヲを祀れ〟と命じるんですね？」

菓子をぱくつきながら、麟太郎が尋ねる。

「ええ。スサノヲサマと荒神が同じものなのかどうかは、いまひとつ謎のままです。オシラサマとの関連性もいっさい語られません。ですが日本の荒ぶる神といえば、素戔嗚《スサノヲノ》尊《ミコト》が代名詞でしょう。神話と民間伝承がどこかで混ざった結果、こんな奇妙な言い伝えになったのかもしれません」

世津子は言った。

「ともかくこの伝説を受け、わが素盞嗚神社の祭神は、牛頭ではなく馬頭なのです。予言を知らせるという意味でオシラサマを〝オシラセサマ〟。スサノヲサマを〝オウマサマ〟と呼ぶ年寄りもすくなくありません。またスサノヲサマ、オシラサマ、シランバサマの三つを合わせて〝オシラサマ〟と呼ぶ者もいます」

「ふむふむ。面白い」

麟太郎が何度もうなずく。

「ほかの伝説と違って、神が蚕をもたらすわけじゃないんですね。蚕はすでにあって、神のしもべは養蚕を指導するという伝説なんだ。そしてこの村のオシラサマは賢者であり、はっきりと座敷童子《ざしきわらし》かつイタコ的な特性を持っていた。くわえて世津子さんの、『名もなき荒神がスサノヲとごっちゃになった』という推察も面白い」

「え？　いえ。わたしなんてそんな」

世津子が赤くなった。

うろたえる彼女を「まあまあ」と麟太郎は制し、

「それで、ぼくらが参加する儀式というのはどんなものなんです？」

と訊《き》いた。

「祖父の話では、〝表の儀式〟と〝裏の儀式〟があるそうですが」

「ええ、はい。表のほうは――」

なぜか世津子はごくりとつばを飲みこんだ。

「表のほうは、神社の本殿前でおこなわれます。馬の首をすげたオシラサマの形代は、一年に何本もつくられますが、その三十三年ぶんの形代すべてを集め、まず正絹の着物に着替えさせるんです。そうして十二歳までの子供に抱かせて遊ばせたのち、本殿前で焚《た》いた火にくべます。その火は朝まで絶やすことなく、村人たちで一晩中スサノヲサマとシランバサマを称えつづけます」

「ほう。で、裏のほうは？　ぼくらはそっちを見届けるんですよね」

「はい」

世津子は目を伏せて、

「それは――そのときに、ご説明する決まりです」と言った。

「あ、やっぱりそうなんだ。残念」

麟太郎が快活に笑う。

「祖父もそう言ってましたよ。でも現地に来たら、ぽろっと話してもらえないか期待してたんです。まあいいや、そこは夜のお楽しみにとっときましょう」

二個目の菓子に彼は手を伸ばして、

「ところでこのお菓子、美味《おい》しいですね。ぼくはふだん和菓子より洋菓子派なんですが、このマシュマロっぽい生地と、香ばしい胡麻《ご ま》餡《あん》がなんとも……。あ、そうだ。世津子さんは『ハイヌウェレ型神話』ってご存じですか？」

「ハイヌ……？　いいえ」

「神話における類型のひとつでね。殺された神の死体から作物が生まれる、というパターンが世界各国にあるんです。日本の神話にもそれはありまして、『古事記』に載っている、スサノヲと大気都比売神《オオゲツヒメノカミ》の逸話です」

麟太郎は茶を啜《すす》って、

「高天原《たかまがはら》を追放され、空腹を覚えたスサノヲは、大気都比売神に食物を求めました。望みどおり歓待されますが、スサノヲは比売神が鼻や口、あるいは尻《しり》から食材をひり出すのを覗《のぞ》き見てしまう。〝不浄だ。無礼だ〟と怒ったスサノヲは、大気都比売神を斬り殺しました。するとその死体の目から稲が、耳から粟《あわ》が、鼻から小豆が、陰部から麦が、尻から大豆が、そして頭から蚕が生まれ出《い》でた」

と言った。

「これが『古事記』における、蚕の誕生譚《たん》です。さっきぼくは〝オシラサマと素盞嗚神社とは、珍しい取り合わせ〟と言いました。ですがこう考えると、スサノヲと蚕はちゃんと繋《つな》がっているんですね」

「まあ……」

世津子の顔が紅潮した。

麟太郎の蘊蓄《うんちく》に感じ入ったらしい。純真な女性だな、と泉水はひとりごちた。

確かに従兄《いとこ》の口の巧《うま》さと、妙な説得力は折り紙付きだ。しかしこれは序の口も序の口、ほんのとばぐちである。

いまの段階でそんなに感激されたのでは、あとが心配になってくる。振り込め詐欺などに気を付けてください、と言いたくなってしまう。

そんな泉水をよそに、麟太郎はつづけた。

「またかの有名な、日蝕《にっしょく》をあらわす『天の岩屋』譚もあります。荒ぶる神スサノヲに機《はた》屋《や》へ馬の生皮を投げこまれ、ショックを受けた天照大神《アマテラスオオミカミ》は天の岩屋へ引きこもってしまう。ここでもオシラサマの伝説と共通のモチーフが出てきますね。娘をくるんで天へいざなった馬の生皮。そしてスサノヲが機屋へ投げこんだのも馬の生皮だ。

神話のモチーフに無意味なものはありません。必ずなにかしらの暗喩《あんゆ》を含んでいます。そしてこれらの逸話の〝馬〟は、どちらも既存の世界に大きな変革をもたらしている。ひとつは天に日蝕を。もうひとつは地に養蚕をです」

「ええ、はい」

世津子はいまや目を輝かせて聞き入っていた。

黒沼家の次期当主は、早くも彼女の心をさらってしまったらしい。彼らを横目に泉水は菓子をかじり、茶を啜《すす》った。

「というわけでぼくは、がぜんこの村の伝説に興味が湧いてきました。あとで神社の本殿も見ておきたいなあ」

麟太郎が笑顔で言う。

「よければ案内してもらえます？」

「ええ。もちろん。光栄でございます」

世津子は深くうなずき、

「わたしが所用で来られないときは、娘の梨世を寄こします」

と請け合った。

6

＊二月八日　午後四時二十分
サービスエリアのフードコートで、〝彼女〟は真っ青になっていた。

――ほんとうにわたしったら、なんて馬鹿なの。

あれほど「油断しないように」「娘から目を離しちゃ駄目」「一秒たりとも気を抜かないで」と己に言い聞かせていたというのに。

離婚して、〝彼女〟が旧姓の澤北《さわきた》に戻ったのは二年前のことだ。

元夫と親戚《しんせき》の紹介でお見合いし、結婚したのが約十年前。

半年と経たぬうち「この結婚は失敗だった」と〝彼女〟は悟った。とはいえ娘を妊娠したこともあり、子供が生まれたら彼も変わってくれるのではないか……とあさはかな期待を抱いて、ずるずると結婚生活をつづけてしまった。

そうして、確かに元夫は変わった。

悪いほうにだ。

妊娠したことで「この女はもう逃げられない」と踏んだのか、元夫は完全に本性をあらわした。

一人息子に甘い舅《しゅうと》と姑《しゅうとめ》が、その蛮行を後押しした。

地元の名士と名高い舅は、女好きのろくでなしだった。顔を合わせるたび〝彼女〟は舅に体を触られ、卑猥《ひわい》な言葉を投げつけられた。元夫が諫《いさ》めてくれたことは、一度たりともなかった。

良妻賢母と名高い姑は、そんな舅の浮気癖に長年苦しめられ、ついには彼を憎んでいた。華やかな場に出るときだけ仲むつまじく振る舞い、家に戻れば一言も口をきかぬ、冷えきった夫婦であった。

その鬱憤《うっぷん》を晴らすかのように、姑は一人息子を溺愛《できあい》した。

まるで恋人のような扱いぶりだった。自分を愛さなかった舅の代わりに、姑は息子を〝自分の男〟にしたのだ。

結婚してすぐ、〝彼女〟は元夫と姑の熱々ぶりを目撃させられた。

彼らは一緒に風呂《ふろ》に入り、一緒のベッドで眠った。

元夫が〝彼女〟のベッドに通ってくるのは、「ママ」こと姑に「子づくりしてきなさい」と命じられたときだけだった。

〝彼女〟は毎朝基礎体温を測るよう命じられ、体温表を提出させられた。排卵日を、姑が管理するためである。

元夫は二言目には「ママが」と言い、

「ママはこうしてくれたぞ。ああしてくれたぞ」

「おまえはどうしてママみたいにできないんだ？」

「ママを見ならえ。女のできそこない」

と〝彼女〟をなじった。

しまいには「ママとは似ても似つかない。女のふりをした化けもの」とまで謗《そし》った。

「そんなにママがいいなら、ママと結婚すればよかったじゃない」

たまりかねて〝彼女〟が叫ぶと、元夫は怒鳴りかえした。

「おれだって、そうしたかったよ！」と。

その両目は潤んでいた。母と結婚できなかった自分を憐《あわ》れむ涙だ――。そう気づき、〝彼女〟は全身にぞわっと鳥肌を立てた。

そのくせ元夫は、外に愛人を作った。

相手はホステスで、ママ公認の愛人だった。その顔やスタイルは、若い頃の姑によく似ていた。

「ママはなんでもしてくれるけど、セックスだけはできないからな」

悪びれもせず、夫はそう言って笑った。

「娘のいる前で、やめて」

そう〝彼女〟が咎《とが》めても、

「まだガキじゃんか。どうせ意味なんかわかりゃしない」

とにやにやするだけだった。

なぜそんな男とさっさと離婚してしまわなかったのか。理由はふたつあった。ひとつ目は娘の存在。そしてふたつ目は、実両親の反対だ。

「せっかくあんな良家と縁つづきになったのに、もったいない」

「男の浮気は甲斐性《かいしょう》のうちだ」

「日陰の女なんてたいしたもんじゃない。ほうっておけ。どのみち晴れの場に出られるのは、おまえだけなんだ」

「人前でにこにこしてさえいりゃあいいんだから、おまえにとってこんな楽なことはないぞ」

そんな言葉を吐く実父もまた、仕事仕事で家庭をかえりみなかった男であった。

──父の言うことなんか、無視しておけばよかった。

わたしは馬鹿だった。そしていまも馬鹿だ。

〝彼女〟は悔やんだ。どんなにごねられようが、脅されようがすかされようが、元夫に娘を会わせるべきではなかったのだ。

「弁護士を連れてきたら、養育費の支払いを差し止めるぞ」

そう言われて折れてしまった。

理性では「戦うべきだ」とわかっていた。甘い顔を見せてはいけない。なにがあっても突っぱねるべきなんだ、と。

だが〝彼女〟は疲れていた。

二年近くかかった離婚調停。親権争い。元夫の罵倒《ばとう》。愛人からのいやがらせ。舅からの圧力。姑が言いふらした、根も葉もない誹謗《ひぼう》中傷――。

それらがまたはじまるかと思うと、想像しただけでめまいがした。動悸《どうき》がひどくなり、目の奥が刺すように痛んだ。

インターネットの人生相談などを読んでいると、無責任な外野が、

「結婚前にどうして見抜けなかったんだ」

「見る目のない自分を恥じろ、自業自得」

と喚《わめ》いているのをよく目にする。はたまた、

「戦わずに〝でもでも、だって〟ばかりの、そんな弱さが罪なんだ」

「子供がいるんだから戦え。それでも母親か?」

と勇ましい人びとの意見もしょっちゅう見かける。

――でもみんながみんな、そんなに強いわけじゃない。

見る目のない自分を恥じた上で、軌道修正しようとあがくのはいけないことなのか。すでに戦ったからこそ、もうあの戦いは二度とできない、したくないと膝《ひざ》を折ってしま

うのは、糾弾されるべき悪なのか。

ともかく〝彼女〟は、離婚を後悔してはいなかった。

元夫に対し、ある程度の譲歩をしようと決めたことも悔やんでいない。

——でも今回会わせたこと、娘から目を離したことは、はっきりと間違いだった。

今日の小一時間のドライブの帰り、

「トイレ行きたい。喉《のど》が渇いた」

と娘が訴えた。

元夫は「じゃあ次のサービスエリアで降りよう。ついでにジュースでも飲もうよ」と言い、〝彼女〟は「駄目よ」と反駁《はんばく》した。

「三つ先まで駄目。でも大丈夫よね？　いい子で我慢できるもんね？」

元夫の舌打ちを、〝彼女〟は聞き流した。

三つ先のインターにあるサービスエリアは、元夫との待ち合わせ場所だった。そこに戻れば、〝彼女〟のワゴンRが駐《と》まっている。ある程度安心できる場所でなければ、停まりたくなかった。

現に〝彼女〟はドライブの間、ずっとバッグの中でスマートフォンを握っていた。いつでも通報できるようにだ。

——そうとまで用心していたのに。

元夫のＢＭＷは、目当てのサービスエリアで降りた。

娘を〝彼女〟がトイレに連れていったあと、三人はフードコートですこし休んだ。娘はクリームソーダを、〝彼女〟はホットコーヒーにした。元夫は「腹が減った」と醤油《しょうゆ》ラーメンを頼んだ。

——いま思えば、計画的だった。

〝彼女〟は唇を噛《か》む。

元夫はいつになく饒舌《じょうぜつ》であった。身振り手振りが大げさだった。そして彼の手が当ってラーメンのどんぶりが倒れ、テーブルから床まで汁がこぼれた。

〝彼女〟は慌てて席を立ち、セルフサービスのコーナーに走った。そのコーナーには、紙のおしぼりやナプキンが大量にあるはずだった。

しかしおしぼりの袋を抱えて〝彼女〟が戻ったとき——。

テーブルに、元夫と娘の姿はなかった。

その上、椅子に掛けていたはずの〝彼女〟のショルダーバッグまで消えていた。財布やスマートフォン、車のキイが入ったバッグであった。

——通報。一一〇番。

真っ先に頭に浮かんだ言葉はそれだった。

ああ、でも駄目だ。

サービスエリアに公衆電話はあっても、お金がない。いまのわたしは十円玉一枚持っていない。

それに警察は当てにならない。以前に元夫が幼稚園から娘を勝手に連れだしたとき、警察はこう言った。

「はあ？　実のお父さんなんでしょ？　それのなにがいけないんですか？」と。

――じゃあせめて、弁護士の先生にかけないと。

そう思い、〝彼女〟は隣のテーブルの家族連れに「すみません。スマホを貸してもらえませんか」と頼んだ。

「一本、電話を入れるだけでいいんです。お願いします」

しかし不審に思われたのか、無視された。

隣の隣のテーブルにも頼んだが、同じことだった。

うろたえて立ちすくみ、〝彼女〟はようやく思いだした。弁護士事務所の番号はスマートフォンの電話帳アプリに登録してあること。そらでは思いだせないこと。そして事務所の名刺もまた、元夫が持っていった財布の中にあるという事実を。

――どうしよう。いったいどうしたら。

〝彼女〟は唇を噛み、その場に立ちつくした。

――あの子がさらわれた。

たった一人の、わたしの娘が。

なのにわたしは取りもどすすべを持たない。

こんなところで無様に立ちつくしている。どうしていいか、皆目わからない。

目がしらが勝手に熱くなってくる。視界がぼやける。
両の拳《こぶし》を痛いほど握りしめ、〝彼女〟は元夫を、いまさらながら強く憎んだ。

1

＊二月十一日　午後十一時十四分

祝日にもかかわらず、森司はオカ研の部室に来ていた。

べつだん用事があったわけではない。はっきり言ってしまえば間違えたのだ。寝ぼけて普通の金曜日だと勘違いし、大学に着いてから「あ、休みか」と気づいた。

だがとんぼ返りするのも、なんとなく業腹だった。足は習慣どおり、自然に部室棟へと向かった。

黒沼部長の気配がない部室は、妙に新鮮であった。

そしてそれ以上にうら寂しかった。

部長は研究室と部室を往復するのが日課で、ここが無人になること自体はけっして珍しくない。しかし常ならば飲みさしのマグカップなり、ハンガーに掛けたコートなり、必ずどこかに部長の痕跡《こんせき》があった。

あるじを失った部室は、文字どおり火が消えたようであった。

「……コーヒーもらっちゃおうかな。けど自分一人のために淹《い》れるってのも、へんな感じだなあ……」

ついでに棚の焼き菓子もいただくことにした。部員なら、誰でも好きなとき食べていい菓子だ。とはいえ一人で食べるのは、言い知れぬ妙な背徳感があった。

ストーブを点《つ》け、加湿器のスイッチを入れる。

コーヒーメイカーに粉をセットし、テーブルに菓子盆を置く。

十分と経たぬうち、いつもの快適な部室ができあがった。森司は湯気のたつカップを手に、いそいそと椅子に座って携帯電話を取りだした。

なにをするかといえば、検索だ。

彼が検索小窓に入力したワードは『女性を誉める　言葉　コツ』であった。

——こよみちゃんを誉める言葉を、昨夜一晩考えた。

しかしうまい言葉はまるで思いつかなかった。

ここはやはり、有識者の知恵を借りるほかあるまい。

おれごときがいくら考えたって無駄なのだ。先人も〝下手の考え休むに似たり〟と言うではないか。下手な考えをめぐらして時間を無駄にするより、さっさと検索して経験者の意見に頼るべきだ。

果たして数秒後、膨大な検索結果がネットの海からあらわれた。

森司はまず一番上の記事をひらいてみた。そこにはこうあった。

『さりげなくスマートに誉めるのが吉。わざとらしかったり、大げさにならないよう注意して！』

——さりげなく、ね。それができれば苦労はない。

二番目の記事はこうだ。

『体形を誉めるのはNG。とくに胸などの、セクシャルな部分は話題にしないで』

——いや、さすがにそれくらいはおれでもわかってる。

次の記事。

『センスや知性、彼女の得意分野を誉めるのが、無難かつ喜ばれます』

——待て。おれが贈ったネックレスをおれが誉めるときはどうすりゃいいんだ？　そのセンスを誉めたら自画自賛じゃないか。

さらに次の記事。

『派手な殺し文句はいりません。それより毎日マメに、こつこつ誉めるほうが効果あり。モテは顔やお金と関係なし！　とにかくマメな男がモテます』

——だから、それができれば苦労は以下略。

「違うんだよなあ。おれが求めてるアドバイスは、もっと、こう……」

「なにが違うんですか？」

突然の背後からの声に、

「ひゃあっ」

森司は情けない声を上げ、飛びあがった。誇張なしで、椅子から三センチほど浮いたと思う。

心臓を押さえつつ慌てて振りむくと、そこには当の誉めたい本人――灘こよみが立っていた。

怪訝《けげん》そうに、森司を中腰で覗《のぞ》きこんでいる。

「すみません、先輩。驚かせましたか?」

「い、いや。違う。灘は悪くない。全然悪くない。ちょっと、ちょっとだけ検索に夢中になっていて、きみが入ってきたのに気づかなかったんだ。それだけだ」

「検索……。調べものですか」

「あ、ああ。個人的なあれで。所用で」

動悸《どうき》をおさめつつ、森司はこくこくと首を縦に振った。

「ところで灘。祝日なのにどうしたんだ。図書館にでも用事か?」

「え?」

こよみが目をしばたたく。

「藍さんからのLINE、読んでないんですか?」

「え、あ、LINE……?」

今度は森司がきょとんとする番だった。

読んでいない。検索に没頭していて、それどころではなかった。

「オカ研に相談に乗ってほしい一年生が、これから来るみたいです。藍さんの高校時代の後輩の、そのまた後輩だそうですよ」

「へえ」

森司は間の抜けた声で言ってから、

「あ、けどどうしよう。今日は部長も泉水さんもいないんだったな」

と声を上げた。

「はい。でも部長の不在は、いままでにも何度かありましたから。百々畝さんのときみたいに電話で意見を聞けば、なんとかなるかも」

「ああなるほど。それもそうだ」

森司はいまさらながらＬＩＮＥを確認して、

「あ、鈴木も来るのか。よかった……。〝視える〟のがおれだけじゃ、さすがに荷が重いからな。あいつはバイトの夜勤明けらしいから、無理させられないけど」

そう言いながらも、森司の視線はやはりこよみに釘付《くぎづ》けであった。

こよみは厚手のチェスターコートを脱ぎ、ラックのハンガーに掛けたところだ。

今日の彼女はアイスブルーのニットを着ていた。そのＶネックのデコルテには、やはり青みを帯びた真珠が輝いている。森司がクリスマスに贈ったネックレスであった。

「あ、あのさ」

森司はおずおずと口をひらいた。

脳裏に、藍の忠告がよみがえる。

——ちゃんと「似合うよ」とか、「いつも着けてくれて嬉《うれ》しい」とか言葉にしてる？

——「言わなくてもわかるだろう」なんて思っちゃ駄目よ。

「あの、灘……」

言うぞ。よし言うぞ、と思った。

「はい？」

こよみが振りかえる。

しかし一瞬にして、森司の喉《のど》は干上がっていた。舌が乾く。言うべき台詞《せりふ》が、みぞおちのあたりで凝《こご》ってつかえている。

——こよみちゃんは超能力者じゃないんだから。

——言葉にしてあげなきゃ通じないの。

わかってます。森司は反駁《はんばく》した。

わかってますが藍さん、言葉が喉から出てこないんです。なぜか、口からすんなり滑りだしてくれないんです。

「先輩？」

こよみが首をかしげる。

森司は引き攣《つ》った笑みを浮かべ、言った。

「……な、なんでもない……」

2

＊二月十一日　午前十一時三十二分

「ああ、あったあった」

麟太郎は離れの床の間に飾られたオシラサマを見つけ、破顔した。

ひどく簡素な人形だった。芯《しん》は十五センチほどの木の棒だ。木目に逆らって細く無数に削られた上部が、髪の毛のようにちぢれて見える。

はめこまれた首は手彫りで、稚拙ながらも奇妙な迫力があった。ひとつは馬、ひとつは娘の顔らしい。胴体だろう棒の部分には着物を模した布が巻かれ、腰のあたりが赤い帯紐《おびひも》で結ばれている。

「このオシラサマって神と、黒沼家《うちの》とはとくに関係なかったよな？」

泉水は問うた。

「直接にはないはず」

麟太郎が答えた。

「オシラサマはこの村、ひいては白葉家の氏神らしい。たぶん黒沼家は、神を引きとめるための手ほどき〝だけ〟をしたんじゃないかな。世津子さんが言ってた〝裏の儀式〟

というのがそれだろうね。まあ言いたかないけど、きっと大っぴらに言えるたぐいのことじゃ――」

そこで語尾が消えた。

雪見障子越しの視線に気づいたからだ。

つぶらな瞳《ひとみ》が、庭先からこちらをじっと見ている。もこもこと厚着した、六、七歳に見える女児だった。寒さのせいだろう、頬が真っ赤である。唇が何度も動き、白い息を吐きながら、なにやら懸命に訴えている。

泉水は雪見障子をひらいた。

寒冷地用の二重サッシもつづけて開ける。眼前にあらわれた女児はにっこり笑い、泉水を指さして言った。

「王さまでしょ?」

――と。

「じゃあきみはお姫さまだな」

泉水は苦笑した。

「ここん家《ち》の子か? 残念ながらおれは従者のほうだよ。従者ってわかるかな。お付きの人間ってことだ」

「ううん、王さまだよ」

女児《じ》は焦れたように言い、いま一度泉水の顔を指した。

「お社務所に写真が飾ってあるもん。そっくり」

　ああなるほど、と泉水は合点《がてん》した。従兄《いとこ》を肩越しに見やる。

「きっと、おまえんとこの祖父《じい》さまだ。正確には王さまじゃなくお殿さまだが、三十三年前に来たときの写真だろうよ」

「〃おまえんとこの〃って。ぼくの祖父は、泉水ちゃんの祖父でもあるんだけどね」

　と麟太郎も苦笑いしてから、女児へと首を向けた。

「ところでお嬢さん、中に入らない？」

「いいの？」

「もちろんいいさ。ぼくらだって、サッシを開けっぱなしじゃ寒いしね」

　女児がさっそく沓脱石《くつぬぎいし》にブーツを脱ぎ、縁側から室内へ駆けこんでくる。

　すかさず泉水はサッシを閉めた。ただし施錠はしない。雪見障子も、外から見えるよう半分開けはなしておく。このご時世、女児と成人男子だけで密室にこもっていては、いつなにを誤解されるかわからない。

「わあ、すごいな」

　背後で麟太郎が声をあげた。

　泉水が振りかえると、麟太郎は身をかがめ、厚手のピーコートに包まれた女児の背中を覗きこんでいた。

　その背に女児は〃オシラサマ〃の形代を背負っていた。さっき床の間で見つけた形代とそっくりだ。まるで赤ん坊のように、おんぶ紐で背中にくくってある。

「これは豪華なオシラサマだ。総絞りの着物を着てるじゃないか。いまどきの成人式の振袖《ふりそで》より、よっぽどセレブリティだよ」

オーバーに目玉をぐるりとまわしてみせる。女児がきゃあっと笑った。

「お嬢さん、お名前は？」

「心絽《こころ》。シンゾーの心に、いとへんの絽」

「心絽ちゃんね。何年生かな？」

「一年生。ねえ、さっきここに、お祖母《ばあ》ちゃんが来てたでしょ」

背中のオシラサマを揺すりながら、心絽が言う。

麟太郎は微笑んだ。

「そっか。きみは世津子さんのお孫さんなんだね。じゃあお母さんの名前は、梨世さんだ。そうでしょ？」

「うん、そう。なんで知ってるの？」

「そりゃあぼくらは王さまの血を引いてるからね。まあまあ物知りなのさ」

麟太郎は手を伸ばし、心絽が背負ったオシラサマを撫《な》でた。

「きみたちの神さまについても、それなりに知ってるよ。オシラサマっていうのは、すっごく謎の多い神さまなんだ。蚕の神さまと言われてるけど、養蚕に関係のない土地でも昔から広く祀《まつ》られてきた。とくに東北地方でね。

東北ではオシラサマは〝目の神さま〟〝女を癒《いや》す神さま〟〝子供のための神さま〟〝農耕の守り神〟〝狩人《かりゅうど》の神さま〟などなど、とにかくいろんなものの神だ。万能な、それだけに原始的な神さまなんだろうね。

きみのおばあさまが『オシラサマを、オシラセサマと呼ぶ年寄りもいる』と言っていたけど、そのとおり、年占《としうら》や災害を予知する神として祀る地方もある。オシラサマはその信仰が津々浦々にあらわれた時期も、なぜ広まったのかも、信仰のほんとうの詳細も、いまだ多くが謎に包まれているんだ」

「子供を守る神さまだっていうのは、聞いたことあるよ」

目をぱちくりさせながら、心紹が言った。

「『蚕から絹糸を作るやりかたを神さまが教えてくれたから、お母さんたちに仕事ができて、お金ができた。心紹みたいな子供たちが学校に行けるようになったのは、そのおかげなんだ』ってお祖母ちゃんが言ってた」

「すばらしい。きみのお祖母ちゃんは賢い人だね」

麟太郎はうなずいた。

その背後で彼のスマートフォンが鳴る。低いクラシック音楽だ。

しかし麟太郎は振りむかず、心紹に話しつづけた。

「蚕は女性たちに、仕事と富をもたらした。もちろんそれまでも、彼女たちに仕事は山ほどあったけどね。田植え、草取り、穀物の刈り入れ、家事、雑事、育児。しかしどれも富をもたらすものではなかった。蚕が〝女たちの神〟と呼ばれるのは、そういう意味もあるんだろう。富めば新しい器具が買えるから、仕事はおのずと楽になる。人だって雇える。貯蓄と時間ができれば子供を学校にやれるから、次の代のためにもなる」

「でも、なんでオシラサマは馬の顔をしてるの？」

心絽が尋ねた。

「そんなに偉い神さまなら、もっとかっこいいほうがいいのに。そっちの王さまみたいにさ」

そう言って泉水を指さす。

「馬は充分かっこいいと思うけどなあ」

麟太郎は笑って、

「一説には〝蚕が首をもたげて食べるさまが馬に似ているからだ〟と言われるね。また馬は農耕に欠かせない家畜だったので、農耕の神と結びついたのでは、とも言われてる。古来の祭事にも、馬はつきものだったしね。

ところで馬頭観音って知ってるかな？　馬の頭の観音さまと書くんだ。仏教のおおもとのヒンドゥー教から伝わった神さまだよ。馬頭観音の梵名《ぼんめい》『ハヤグリーヴァ』は〝馬の首〟という意味でね、これはヒンドゥー教での最高神ヴィシュヌの異名でもある。わかる？　最高の、つまり一番偉い神さまだ」

「へええ」

心紹は長いため息をついた。

「すごーい。眼鏡の王さま、先生みたい」

「ただの先生なら、これほど物知りじゃなくてもなれるさ」

泉水は心紹にかがみこんで言った。

「先生は勉強ができる程度でいいが、王さまはそうじゃない。王さまってのは、こいつくらい頭がよくて物知りじゃないとな。……馬鹿を王さまにしちまうと、国も家も悲惨なことになる。そいつは歴史が証明してる」

「ふうん」

わかったようなわからないような、という顔で心紹は鼻から息を抜いた。

「ところで心紹ちゃん、さっきおうちにおまわりさんが来てたよね？」

麟太郎が訊《き》いた。

心紹が彼を見上げる。

「うん、来てたよ。漣伯父さまのとこに」

長男の宗一の息子だ。泉水は納得した。やはり本家は〝ばたばたして〟いるらしい。

「でもね、漣伯父さまはいないことになってるの。わたしも『大人に訊かれたら、伯父さまはいないと言え』って言われてるの」

「つまり、ほんとうはいるんだね。居留守だ」

麟太郎は苦笑した。

「やっぱり本家は儀式どころじゃないようだ。心絽ちゃんは、今日の儀式のお手伝いをするのかな？」

「ちょっとだけ。昼間にこうやってオシラサマをおぶってカミアソバセして、着物をオセンダクするの。夜は神社でお祭りがあるから、遊んでていいって」

「そっか。心絽ちゃんのお父さんは？」

「お父さんは──」

急に歯切れが悪くなった。「去年、自動車で、事故で」もごもごと言い、悲しそうにうなだれる。

「ああごめん。悪いこと訊いちゃったね。ほんとごめん」

慌てて麟太郎は謝った。

心絽は首を振って、

「去年の夏、お父さんが……。だからお母さんと一緒に、こっちに引っ越してきたの。まだ来たばっかりで、わかんないことが多いの。でもね──」

そこまで言いかけたとき、

「心絽！」

ぶ厚い二重サッシ越しに怒声が聞こえた。

麟太郎、泉水、心絽が、同時に声の主を見やる。

五十代なかばに見える女だった。

昔の女優のような巻き髪に、高価そうなカシミアのセーター。しかし顔つきは見るからに癇性《かんしょう》で、両眉《りょうまゆ》が吊《つ》りあがっていた。口もとの皺《しわ》が、くっきりと深い。

「お客さまのところでなにをしてるの！　失礼ですよ！」

「福江《ふくえ》さまだ」

心紹が首を縮めた。

「漣伯父さまのお母さまだよ。捕まると怖いから、もう行くね」

言うが早いか立ちあがり、心紹はさっと部屋を走り出た。

廊下を走る足音が響く。庭に面したサッシではなく、玄関でもなく、反対方向に走っていく足音だ。捕まらないよう裏手から逃げる気らしい。勝手口がひらく音ののち、瞬時に閉まった。

「……大丈夫か？」

泉水は引き戸を開け、勝手口をうかがった。

二重サッシ越しの向こうに、とうに福江の姿はない。心紹を追っていったようだが、声はとくに聞こえてこなかった。叱責《しっせき》も、子供の泣き声もだ。

「大丈夫でしょ。ああいう子は賢いよ。逃げ慣れてる様子だったし」

鱗太郎がのほほんと言った。

その手もとでスマートフォンが、ふたたびクラシック音楽を奏ではじめる。しかし鱗太郎は、やはり見向きもしなかった。

「出なくていいのか」

「うん、いい。着信音の鳴り分けしてるんだ。その小フーガは、無視していい音」

「は？」

泉水は目をすがめた。

どういうことだ、言え。そう視線でうながすと、麟太郎は肩をすくめて、

「……久裕《ひさひろ》くんだよ。ぼくの異父弟」

投げだすように言った。

「ひさ子《こ》さんが——母が、先週入院したらしい。『見舞いに来てくれ』って、久裕くんが再三連絡してくるんだよね。電話でも、メールでもＬＩＮＥでも毎日」

「そいつは……」

泉水は言いかけ、言葉の半分を呑《の》んだ。

「平気なのか？　おれから、一言言ってやろうか」

「いいよ、大丈夫。でも悪意がある人間のほうが、対処しやすいぶんマシだね。彼みたいな人には〝母のほうがぼくに会いたがってない〟って事実がわからないんだ。善意なのはわかるけど、『真の善意とは想像力にある』とぼくは提唱したいね」

麟太郎は手でスマートフォンを押しやって、

「それはそうと」

と話題を変えた。

「ふだんのぼくは、子供と動物に避けられがちなのになあ。心紹ちゃんはそうじゃなかったね。やっぱりここが黒沼がらみの土地だからかな？」

「そうは思いたくねえがな。……ひさびさに聞いた菱山《ひしやま》久裕の名といい、藍の卒業旅行のとき立ち寄った、瓜子《うりこ》神社の村を思いだすぜ」

泉水は言った。

次いで、かの瓜子騒動のさなかに耳にした、麟太郎の言葉がよみがえる。

――磁場をねじ曲げて作りだしている不安定な土地に、〝本家本元〟の濃い血が集まりすぎたんだ。つまりぼくと泉水ちゃん。それから久裕くんね。

――とくに黒沼ひさ子の息子が、二人揃ったのがよくなかったなあ。

「おい。今回もあんな騒ぎになるんじゃねえだろうな」

「それはない。大丈夫」

泉水の懸念を、麟太郎は一蹴《いっしゅう》した。

「瓜子神社の村でのぼくらは、招かれざるイレギュラーな来訪者だった。でも今回は正式な客だからね。黒沼の人間が来ると、織り込み済みの儀式だ。むしろ気がかりは〝本家のばたばた〟のほうだよ。……でもたった一晩しかいないぼくらが、どうこうできる筋合いじゃなさそう」

3

＊二月十一日　午前十時二十四分

総檜《そうひのき》の風呂《ふろ》は、白葉家の先代があつらえた自慢のひとつである。

浴室自体の広さは八畳ほどだ。

壁の片側は床から天井までガラス張りになっており、これまた自慢の竹林に面していた。春から夏には目に涼しい緑が、秋にはその向こうに広がる紅葉の錦《にしき》が、冬には純白の雪景色が楽しめる。

この季節に望めるのは、むろん雪をかぶった竹林であった。

冬風で吹きつけられた雪が、竹の節のひとつひとつを白くいろどる。てっぺんに積もった雪は立ち並ぶ竹を弓なりにしならせ、天然の美しいアーチをかたちづくる。

そんな景色を横目に、福江は息子の背中を流していた。

腰にタオルこそ巻いているものの、二人とも裸だ。息子の漣は無防備な背中をさらけだし、福江もまた脂肪ののった下腹や乳房をあらわにしている。

――でも、親子なんだからいいじゃないの。

福江はそう思う。

——おかしいと思う人のほうが変なのよ。いやらしいと邪推する人のほうが、よっぽどいやらしい。親子で裸の付き合いをして、なにがいけないの。

ことにいま、漣は独身である。離婚で世話をする人間がいなくなったのだから、実母の福江が手を貸して当然ではないか。

漣は今年で三十四歳になる。良家の一人前の男が誰にも世話してもらえないなんて、福江の感覚では、そのほうがよっぽど恥だ。

「きれいになったわ。さあ漣ちゃん、シャワーで泡を流すわよ」

そう声をかけ、福江は気づいた。

息子の背が、小刻みに揺れている。泣いているのだ。

慌てて福江は、その背中を抱きしめた。

「よしよし、漣ちゃん」

大丈夫よ、大丈夫——。耳もとに口を寄せ、あやすようにささやく。

「あなたはなにも、悪いことなんかしてない。椿紀《つばき》はあなたの娘なんだもの。あなたが親権を取れなかったのが、そもそもの間違いなのよ」

「けど、だけど、警察が」

「いいのよ。あなたはなにも心配しなくていいの」

福江は息子を抱く腕に力をこめた。

——でも、ちょうどよかった。

胸の内でひとりごちる。

――三十三年に一度の、儀式の年だ。村の守り神が降りてくるときだ。

「この村はね、特別なの。……その証拠に昭和二十年の空襲のときも、昭和三十六年の地震のときも、傷ひとつなかった。火の粉ひとつぶ落ちてこなかった。ここはオシラサマのご加護を受けた、護《まも》られし村なのよ」

――そう、その中でも、とりわけ白葉家は。

「スサノヲサマが全部、持っていってくださるわ」

福江は目を閉じて言った。

「白葉家は、この村の象徴。白葉家の直系の後継ぎであるあなたを、オシラサマが守らないわけがない。安心していていいのよ」

「なにをだよ」

わななく声で、漣が反駁《はんばく》した。

すねた声だった。

「なにを、安心していいんだよ。わからない。おれにはちっともわからないよ。オシラサマだの、スサノヲサマってなんなんだよ」

「ああ、そうね。あなたにはまだ話していなかったわね」

福江は微笑んだ。

当然だ。三十三年前、漣はまだ一歳だった。そして儀式の詳細は、相手が一族の者であろうと〝しかるべきときが来るまで〟他言無用だ。

——でももう、話してもいいだろう。

夫はどうせ次の儀式まで生きてはいまい。

そう想像しても、福江の胸に悲しみはなかった。それどころか「とっとと愛人の家で腹上死すればいい」とさえ思っていた。

長年の不摂生で、夫は高血圧と痛風と糖尿をわずらっている。いつ死のうが心の準備はできていた。もしそのときが来れば、こっちは葬儀と相続の手配を淡々とこなすだけだ。

——近いうちに当主の座は、わたしの漣ちゃんに移る。

そのためにも、早く次の嫁を見つくろってあげなくちゃ。

福江はほくそ笑んだ。

前の嫁は気に入らなかった。そもそも嫁選びを夫にまかせたのが間違いだったのだ。今度こそわたしと漣ちゃんの言うことをよく聞く、道理のわかった女を見つけてこなくちゃならない。

漣の耳に、ふたたび唇を寄せる。

「あのね、今夜の儀式はね……」

泡でいっぱいの息子の肩に、福江はやさしくシャワーヘッドを当てた。

4

＊二月十一日　午後一時三分

　藍の後輩の後輩だという青年は、約束の午後一時きっかりに部室を訪れた。

「落合純太といいます。経済学部の一年です」

　見るからに好青年だな、と森司は思った。

　べつだん藍の繋《つな》がりだから、とひいき目で見たわけではない。短く刈った髪にも、澄んだ白目にも独特の清潔感があった。スノージャケットとリュックサックをノースフェイスで統一し、ジョガーパンツの膝《ひざ》の上で、純太は両手をぎゅっと握っていた。

「み、三田村先輩とこんな近くでお話しできるなんて、光栄です」

　そう純太は緊張もあらわに挨拶《あいさつ》した。

　長テーブルを挟んだ彼の向かいには、藍、こよみ、森司、鈴木が着いている。

　——やっぱり部長と泉水さんがいないと、いまいち締まらないな。

　そう慨嘆する森司の横で、

「今日は肝心の部長が不在でごめんね」

　と、やはり藍もその件を口にした。

「本来なら部長たちが戻ってくるまで待ちたいの。でも急ぎの案件って聞いたから。急ぎで間違いないのよね？」

「そ、そうです」

純太はうなずき、熱いコーヒーを一口がぶりと飲んでから、ひと息に言った。

「父が――書置きを残して、出ていってしまったんです」

一瞬、室内に静寂が落ちた。

「えーっと……それは、警察に連絡したの？」と藍。

「しました。したんです。でも、取り合ってもらえませんでした。『成人男性が自分の意思で出かけただけでしょ？ すぐ戻る、と書置きもあったんでしょ？ 事件性がないなら、警察の管轄じゃないから』と言われてしまって」

そりゃそうだろうな、と森司は思った。

電話を受けたのがもし森司だったとしても、そう返答せざるを得まい。しかし純太は煩悶《はんもん》するように、

「親父の元部下にも連絡したけど、やっぱり冷たいもんでした。でも書置きだけじゃなく、スマホまで置いて家を出たんですよ？ どう考えてもおかしいじゃないですか。なのに、全然相手にしてくれなくて……」

「ま、待って。ちょっと待って」

藍が急いで制した。

「それは、なんというか……オカ研の管轄じゃない気がするわ」

「え」

純太は一瞬ぽかんとし、藍の顔をまじまじと見つめた。

次いで、かあっと顔に血をのぼらせた。

「すみません。そうですよね、こんな話しかたじゃ、そう思われて当然だ。説明が下手で、ほんとうにすみません」

ひとしきり謝ってから、純太はふたたび顔を上げた。

「——あのう、サイコメトリーってご存じですか」

「はい」

答えたのはこよみだった。

「部長ほどではないですが、それなりにわかります」

「『サイコメトラーEIJI』って漫画があったわよね」藍も言った。「その漫画で得た程度の知識なら、あたしも」

「ヤンマガでやってたほうなら、おれも読みました」と森司。

「持ち物に触ると過去や記憶が視える、ゆうやつやんね？　地元の床屋にあったんで、なんとなーく覚えてますわ」と鈴木も同意した。

「そうです。それ」

純太が勢いこんで、前のめりになった。

「他人の服とか、回覧板とか、とにかくそういうものに触ると、物に染みついた思いとか記憶が視える力、らしいんです。う、うちの親父が脳梗塞《のうこうそく》で倒れて、回復してから、そんなようなアレを言いだすようになりまして。他人のいじめだとか痴漢とか、死んだ母親を家に放置してることとか、そういうのをずばずば言い当てるようになって、それから」

「落ちついて」

藍が立ちあがり、テーブルを迂回《うかい》して純太の肩を叩《たた》いた。

「はい、コーヒーもう一口飲んで。深呼吸して。……落ちついた？　よしよし、じゃあもういっぺん最初から、順に説明してくれるかな？」

「はい」

目に見えて純太はしゅんとなった。

そうして彼は、あらためて話した。

県警捜査一課の係長だった父が定年退職したこと。商店街の見まわり中に倒れたこと。麻痺《まひ》もなく退院したはいいが、回覧板を届けに来た主婦と揉《も》めたこと。その後、ゴミ捨て場で行き会った半引きこもりの息子とも騒ぎになったこと。

結局どちらのケースも父の指摘が正しく、近所で気味悪がられるようになったこと、等々を。

「それで、あの……今週の月曜にも、また騒動がありまして」

純太はうつむいて言った。

「夕飯のあと郵便物を整理してた親父が、いきなり『この人の家まで車で送ってくれ』っておれに言いだしたんです。右手に、寒中見舞いのはがきを持ってました。ずいぶん前の事件の、被害者遺族の方から届いた寒中見舞いです。親父のとこにはいまだに、そういう人から年賀状とかいっぱい届くんです」

「それで、送っていったの?」と藍。

「はい。親父は『また倒れたらまずい』と言って、運転を自粛してましたから。一応おれと母とで、『もう遅いし、向こうに迷惑だよ。やめとこう』と止めたんです。なのに親父が強情なもんで、様子だけうかがったらすぐ帰ると約束させて、しかたなく向かったんです」

差出人の住所は中越地方の館束市だった。

父名義のシビックで、純太は北陸自動車道を飛ばしたという。

「差出人は児玉さんという女性でした。二十年前に、娘さんを——その、殺されたんだそうです。いまは、ご自宅に一人暮らしでした」

言いづらそうに純太は言った。

「ええと、じゃあきみのお父さんはサイコメトリーの能力で、その寒中見舞いからなにかの思念を読みとった、ってわけだね?」

森司が問う。

「そうみたいでした。車内で、父はものすごく焦ってました。その焦りがおれにも伝染《うつ》っちゃって、運転しながらずっとどきどきしてたのを覚えてます……」

純太は首肯した。

純太がハンドルを握って約二時間後、シビックは児玉家に着いた。

時刻は午後九時をとうに過ぎていた。うず高く積もった雪が、街灯の光を青白く照りかえしていた。

寒中見舞いの差出人である児玉宏美は、インターフォン越しに応答した。あきらかに、益弘の突然の来訪に驚いていた。

「えっ、落合さん？　どうしたんです、こんな時間に」

益弘はそれには答えず、

「児玉さん。——子供をお医者に診せましょう」

静かに言った。

宏美が息を呑《の》んだのが、かたわらの純太にもわかった。戸惑いと驚愕《きょうがく》が、インターフォンのスピーカー越しにも伝わってきた。

長い長い静寂ののち、

「帰ってください」

宏美が、呻《うめ》くように告げた。

「なんのことか、わかりません。――帰って。帰らないなら、警察を呼びます」

「いいですよ。呼んでください」

益弘は怯《ひる》まなかった。

「そちらから通報してくれるなら、願ったりかなったりだ。言っておくが、館束署の副署長はわたしの釣り仲間です。警官立ち合いの上で、ぜひ潔白を証明してください。この老いぼれの言うことは間違いだ。あなたの家に子供なんかいやしない――、とね」

ふたたびの沈黙が落ちた。

益弘はインターフォンに口を近づけた。

「――児玉さん」

諭すような口調だった。

「誤解しないでください。わたしゃ、あなたを責めに来たんじゃない。あなたから子供を取りあげるつもりもない。ただ、その子を助けたいだけです」

答えはなかった。

益弘が言葉を継ぐ。

「手ばなしたくない気持ちはわかります。でもね、その子をようく見てください。……苦しそうでしょう？　いますぐ、お医者に診せなきゃ駄目だ。児玉さん、わたしはあなたを存じている。あなたはやさしい人だ。子供を愛する母親だ。もう二度と、悲しい姿になる子供なんて見たくはないはずだ。そうですよね？」

堅い玄関扉が開いたのは、たっぷり二分半後だった。

ドアの隙間から覗《のぞ》いた宏美の姿に、純太は一瞬ぎょっとした。

幽霊と言われても信じるほど、その顔は蒼白《そうはく》で表情がなかった。無表情、という言葉の意味をはじめて純太は理解した。ひどくのっぺりと、薄っぺらい顔に映った。

「失礼」

宏美を押しのけるように、益弘は家内に入った。

三和土《たたき》で蹴《け》るように靴を脱ぎ、ずかずかと上がりこむ。遠慮しつつ、純太も父のあとを追った。

突きあたりの障子戸を、益弘が無造作に開ける。

――いた。

純太は思わず身を強張《こわば》らせた。

居間だった。畳敷きの八畳間の真ん中に大きな座卓が据わり、壁ぎわにはテレビ、灯油ストーブ、茶簞笥《ちゃだんす》、空気清浄機などがぐるりと並ぶ。

灯油ストーブは〝弱〟設定で点《つ》けられていた。そして背もたれを倒した座椅子には、毛布でくるまれたそれが横たわっていた。

――ほんとうに、いた。

子供だ。
七、八歳の女の子である。

その顔いろは土気いろだった。毛布が浅く、忙《せわ》しなく上下している。前髪の下で眉根《まゆね》が寄り、いかにも苦しそうだった。

「純太！」

父が怒鳴った。

「おい、純太！」

「えっ――、あ」

「なにをぼさっとしてる。一一九番だ。早く救急車を呼べ」

「あ、あああそうか。ごめん」

慌てて純太は、コートのポケットからスマートフォンを引き抜いた。

「……救急車が来たのは、おれが電話して、十分後くらいでした」

オカ研の部室で、そう純太は青い顔をして言った。

「いや、実際はもっと早かったのかな。でも、すごく遅く感じました」

暑いはずなどないのに、彼は額にじっとり汗をかいていた。

「時間はいいわ。それより、その女の子はどうなったの？」

藍が詰め寄るように訊《き》く。

「すごく衰弱してました。病院に救急搬送されましたが……。まだ、意識不明のままだそうです」

純太はつらそうに顔をゆがめた。

「そのあと警察が来て、おれたちも事情聴取されました。女の子は二日から行方不明になっていた、山形の子じゃないかと言われてました。母親と出かけたっきり帰ってこなくて、母方の祖母が、行方不明者届を出していたそうです」

「母親と出かけたっきり――ということは、母親も行方不明なの？」

「そのようです。でも女の子が意識を取り戻さないので、事情聴取もできなくて、警察が困ってました」

純太は額の汗を手でぬぐった。

「まさか、その児玉さんが誘拐したんじゃないよな？」

森司は問うた。

「児玉さんは二十年前に娘を殺されたんだろう？　まさか亡き娘によく似た子を見かけて、出来心でさらった、とか――」

「おれも、いったんはそう疑いました。でも本人は否定しています。児玉さんいわく『白勢山に花を置きに行ったら、倒れて凍えているあの子を見つけた。美結の生まれ変わりだと思い、つい連れ帰ってしまった』だそうです」

「山に、花を？」

「二十年前に娘さんの遺体が発見されたのも、その白勢山だったみたいなんです。いまでも折々に、花やジュースを置きに行っているそうでした。娘さんの生まれ変わりと思ったのも、同じ山で見つけたせいでしょう」

純太は沈痛にまぶたを伏せた。

「父も『児玉さんは嘘を言ってない』と言い張ってました。『そこにある、彼女のバッグがそう言ってる。なんだか知らんが、おれには視えるんだ』――と。駆けつけた警官はみんな、気の毒な人を見る目で父を見てましたよ。副署長の口利きがなかったら、おれたち二人ともしょっぴかれてたんじゃないかな」

帰りの車内で、益弘はずっと押し黙っていたという。

だが北陸自動車道を降り、ようやく見慣れた景色がひらけてきたあたりで、ぼそりと父は言った。

――やつだった。

あの女の子に触れてわかった。やつが帰ってきた――、と。

「やつ？　誰のこと？」

藍が問いかえす。

純太は冷めかけたコーヒーで舌を湿した。

「親父が言うには、二十年前の事件がらみだそうです。おれも事件概要を読みましたが、約十一箇月の間に女児が三人殺され、一人が行方不明になる大事件でした。中越で二人、上越《じょうえつ》で一人、福島で一人。県境をまたいでいましたが、手口からして同一犯と見られました。有力な容疑者だって、浮上したんです。でも……」

「でも？」

「逃げられてしまったんです。警察が家宅捜索をかける直前、容疑者の烏丸《からすま》は姿をくらましました。そして二十年経ったいまも、逃亡中です」

その犯人を指して、益弘は「やつだ」と言ったのだという。

――おれは視た。

――烏丸理市《りいち》だ。間違いなく、やつだった。

森司は思わずカップを置いた。

「つまりお父さんは、二十年ぶりにその幼女連続殺人犯が犯行を再開した、と示唆したってわけか？　そして新たな被害者は間一髪で難を逃れ、運よく児玉さんに保護された、と？」

「だと思います。でも、こんな話……突飛すぎますよね」

純太は唸《うな》った。

「ともあれ親父は、そう言い張りました。そして翌日の火曜日には、一日じゅうどこかへ出かけていた。書置きを残していなくなったのは、さらに翌日の九日です。スマホも置いて、財布とリュックだけ持って出たようです。こんな――こんなのって、おかしいでしょう。どうかしてる。おれが心配になって、当然じゃないですか？」

純太の瞳《ひとみ》は、焦燥でべっとり濡《ぬ》れていた。

「おれは、オカルトなんて、全然わかりません。サイコメトリーとか言われてもさっぱりです。でも父は、こないだ倒れたばかりの身だ。それに父の思い込みで、他人に迷惑をかけたくもないです。だから、なんというか……とにかく一刻も早く、父を見つけたい。いまは父の無事を確認したいんです」

言い終えて、純太はがっくりとうなだれた。

「きみの気持ちはわかったわ」

藍が彼の肩に手を置く。

「ところでその書置きには、なんて書いてあったの？　〝すぐ戻る〟とあったのは聞いたけど、ほかには？　具体的な地名とかは書いてない？」

「ああ、はい。なにかの固有名詞はありました。暗号みたいな、呪文《じゅもん》みたいな言葉でしたが」

純太はリュックのポケットに手を突っこんだ。

「ちょっと待ってください。あ、これだ」

折りたたんだ紙をがさがさと広げ、読みあげる。

「ええと、――『数日留守にする。おれは自分が視たものを追いたい。シランバのシロバ。烏丸を止めるため、行ってくる。すぐ帰るから心配するな』」

「え？」

森司は思わずぎょっとし、藍と目を見交わした。

――シランバのシロバ。

昨日、鈴木が「ややこしいですな」とコメントしたばかりだ。

「白良馬《しらんば》村って、部長と泉水ちゃんが向かった村よね？」

白良馬村の白葉《しろば》家。

「ですよね」

お互い、こくこくとうなずき合う。

「偶然……いえ、部長だったら『なにかに導かれている』と解釈するところね。儀式とか氏神とか言ってたから、これも神のご意思ってこと？」

「三十三年に一度の儀式は、今晩ですよね。では今晩に向けて、必要な要素《ファクター》が村に集結しつつあるのかもしれません」

こよみが言った。

「落合くんのお父さんも、呼び寄せられたファクターのひとつなのかも」

「どういう意味です」

純太の額に、ふたたび汗が滲《にじ》んでいた。

「わたしにもまだわかりませんが――。すみません、失礼します」

こよみは書棚に手を伸ばし、ぶ厚い本を一冊引き抜いた。

「ますはサイコメトリーについてです。わたしは部長のようには暗唱できないので、本を読みあげますね。ええと……『サイコメトリーという用語の発明者であるジョセフ・ローズ・ブキャナンによると、われわれすべての人が持っている能力だが、ほとんどの人は無意識でこれを抑えつけているという』。ブキャナンは人体から発する霊的な放射体を〝ナーヴ・オーラ〟と呼んでいました。そしてこうあります。『ブキャナンは次のように説明する。手紙を書いた人の〝ナーヴ・オーラ〟がかすかな痕跡《こんせき》をその手紙に残す。この痕跡をサイコメトリストは彼自身の〝ナーヴ・オーラ〟で感じとる』……」

「手紙。つまり書置きか」

森司は純太を見やった。

「落合くんの親父さんが残した書置きに、そのなんとかオーラがくっついてるかもしれないってことだ」

「いや、サイコメトリストが書いた手紙やし、普通の手紙より強力なんちゃいます？」

鈴木が言った。

次いで、森司と顔を見合わせる。

「ほいで――八神さんとおれ、どっちが触ってみましょか？」

だよなあ。

森司は内心で思った。

だよなあ、結局こうなるよな、と。

――正直言って、あんまり触りたくない。

しかしながら現在行方不明の男性がおり、その家族が心配している。おまけに病院でいまも意識不明らしい女児がいる。彼らのためにも「怖そうなんで、おれ、ちょっと遠慮します」とは言いづらい。

「泉水さんがいたら、親父さんと一番〝波長〟が合っただろうな」

森司は自分の手を無意識にさすった。

「元県警捜査一課の警部補。いかにも硬派そうだ。代わりがおれなんかで大丈夫かな」

「いやあ、おれよりは八神さんのほうが全然合うと思います。なんだかんだ言うても、健全なスポーツマンやないですか」

鈴木が横で励ました。

「体育会系とはほど遠い、おれが一番あかんでしょう。ためしに先に触ってみましょか？　おれじゃ視えることは視えても、たぶんうっすらくらい……」

言いながら手を伸ばす。純太も察して、書置きを鈴木に向けて差しだした。

伸ばした鈴木の指さきが、紙の端に、わずかに触れ――。

次の刹那《せつな》、鈴木は壁まで吹っ飛んだ。

一瞬森司は、

「え？　鈴木死んだ？」

と思った。

前頭部をライフルで撃たれたかのような吹っ飛びかたであった。鈴木は背をしたたかに壁に打ちつけ、そのまま床にずるずると倒れこんだ。

「す、鈴木！」

「鈴木くん!」

藍やこよみとともに、泡を食って駆け寄る。

しかし鈴木は、完全に気を失っていた。

5

*二月八日 午前十時四十六分

鈴木は、見知らぬフードコートにいた。

テーブルと椅子がいちめんに並んでいる。その向こうにはスターバックスやサーティワンといった、見慣れた看板がずらりと並ぶ。

さらにうどん屋、ラーメン屋、たこやき屋、カレー屋、テイクアウト用の弁当屋、そして自動販売機。

テーブルは四割ほどが埋まっていた。

手前には親子連れが座っている。その奥には学生らしきカップルがおり、すこし離れたテーブルではスーツ姿の会社員がノートパソコンをいじっている。

鈴木は壁の時計を見た。

短針はアラビア数字の11に近づき、長針が9を過ぎつつある。

鈴木は唐突に悟った。

——ああ、これは今日やあれへんわ。

自分はさっきまで、部室にいた。時刻はとっくに正午を過ぎていた。外の明るさからいって、いまは午前の十時四十六分だ。〝今日〟の出来ごとではあり得ない。

そして外と室内を交互に眺めるうち、鈴木は「ここはただのフードコートではない」と知った。

サービスエリアだ。ガラス戸の向こうはだだっ広い駐車場が広がり、さらにその後方にはコンクリの橋桁《はしげた》に支えられた自動車道が見える。

鈴木は会社員の背後に立った。肩越しにノートパソコンを覗《のぞ》きこむ。モニタの右下に、日付があった。

——二月八日。

やはり過去だ。三日も過去に飛ばされたらしい。

鈴木はぐるりと周囲を見まわした。

こうしてフードコートの真ん中に立ちつくし、じろじろと客たちを眺めていても、誰も鈴木に注意を払わない。誰ひとり鈴木の視線に気づかない。

当然だ。鈴木は本来、ここにいなかったのだから。

——おれはいま、過去の落合益弘さんを通して世界を見とるんか？

あの書置きに触れたから、彼と同調《シンクロ》したということか。

だが、どこかに違和感があった。

たぶんシンクロ云々《うんぬん》の仮説は、半分当たりで半分はずれだ。あの書置きがスイッチだったのは間違いない。そして八日のこの時刻、落合益弘がこのサービスエリアにいたことも確実だろう。

益弘はここを訪れ、あちこちに触っていった。自分が触ることで手がかりが得られると、すでに彼は学習していた。

――ええと、落合くんの親父さんらしき人は……。

いま一度首をめぐらせ、鈴木ははっとした。

彼と同じく、フロアに棒立ちの女性がいる。

三十歳前後だろうか。前下がりのボブカットに、薄手のダウンジャケット。顔いろが心なしか青い。目が泳いでいる。

彼女や。鈴木は直感した。

――おれは、落合くんの親父さんとシンクロしたんやない。

自分と波長が合うのは彼女だ。

益弘のサイコメトリーを通して、鈴木は彼女と同調している。おそらく彼女が触れた壁か手すり、あるいはテーブルの端に、八日の益弘は触れたのだろう。そうしていったん帰宅した彼は、翌九日に書置きを残して失踪した。

――いまおれは、親父さんのサイコメトリー能力を通して、〝彼女〟とシンクロしている。

鈴木は彼女に歩み寄った。

一瞬顔をしかめる。近づいただけで、彼女の思念が流れこんできた。

約二年前に、彼女は離婚したらしい。そして旧姓の澤北《さわきた》に戻った。

彼女の思念は混乱していた。娘のことで、その頭の中はいっぱいだった。可愛らしい女児の笑顔が、走馬灯のごとく駆けめぐる。

(いなくなった。さらわれた。ああどうしよう、追わなくちゃ。でもどうやって？　財布もスマホもない。弁護士事務所の電話番号もわからない。あの子になにかあったら、どうしよう。どうすればいいの。わたしは馬鹿だった)

雪崩れこんでくる思念から、鈴木はおおよそのところを掴《つか》んだ。

いなくなったのは彼女の娘だ。

離婚した夫に会わせたはいいが、このサービスエリアですこし目を離した隙にさらわれた。しかも財布、スマホ、車のキイが入ったバッグまで持っていかれた。

(ヒッチハイク。そうだヒッチハイクして追うしかない。乗せてくれるような人がいるだろうか？　でもなんとかして白良馬村までいかないと。あの子はいま、一人でどんなに心細いか)

鈴木は彼女の過去を読んだ。

親戚《しんせき》から「ぜひに」と乞《こ》われての見合いだったこと。誰もが太鼓判を押した結婚だったにもかかわらず、半年と経たず後悔したこと。

娘の誕生。愛人の登場。姑《しゅうとめ》からの過酷ないびり。

娘のためにも耐えようと思った。しかし元夫の愛人が、保育園帰りの娘を「おまえさえいなければ」と襲い、怪我をさせた件が決定打だった。

さいわい娘に後遺症はなかった。

しかし元夫が愛人に「妻とは愛のない結婚だが、子供がいるから離婚できない」と言いわけしたこと、愛人がそれを真に受けて娘を襲ったことを知り、彼女の心は完全に冷えた。

独身時代の貯金で、彼女は弁護士を雇った。モラハラによる離婚に強い弁護士を、ネットで探しまわって依頼した。

離婚調停は二年近くかかった。

何度裁判にしようと思ったかわからない。しかし裁判はあくまで最終手段だった。向こうが世間体を重んじることを盾に、

「裁判になったら、いろいろと記録に残りますよ。いいんですか？」

と匂わせ、ちらつかせて、なんとか彼女は離婚をもぎとった。

娘の親権に、元夫は興味がなかった。

「孫は渡さない！」と息巻いたのは舅《しゅうと》と姑だ。

しかし祖父母に親権を争う権利はなかった。娘の親権と養育権は、すんなりと彼女が手に入れた。

(なのに半年ほど前から、元夫は変わった)

思ったほど簡単に再婚相手が見つからなかったせいか、それとも誰かになにか吹きこまれたのか、一転して娘に執着するようになった。

「実父には面会権があるんだ」

「会わせないというなら、おれにも考えがある」

「おまえは弁護士を名乗る間男と結託して、モラハラだの浮気だのと、調停員にでたらめを吹きこんだ。すべてでっちあげだ。おまえはおれを冤罪《えんざい》でハメて、まんまと娘を奪ったんだ」

荒唐無稽《こうとうむけい》な言いぶんだ。

元夫の浮気には確たる証拠がある。愛人の証言だって取れている。しかしその主張を、なんとしても後継ぎを取り戻したい姑と舅が、強引に後押しした。

(冗談じゃない)

(あんな人たちに娘を取られたら、都合のいい道具にされてしまう。舅の気に入った男を婿養子にするため、成人してすぐ無理やり結婚させられるんだ。わたしみたいに)

(そんなのはいやだ。娘だけは、わたしの二の舞にさせない)

次いで彼女の脳内は「ヒッチハイク」の単語でいっぱいになった。ヒッチハイク。そうだ、ヒッチハイクしてでも、あの村へ向かわねば……。

——この人はこのあと、どないなったんやろ。

鈴木は心配になった。

いま鈴木が見ている光景は、三日も前のことだ。その日のうちにヒッチハイクできただろうか。娘は無事に保護できたのか。いまはどこにいるのだろう。

そのときだ。

視界の端を、男の横顔がかすめた。

鈴木は体ごと振りかえった。

茄子紺《なすこん》のスノージャケットを着た、六十代とおぼしき男が歩きまわっている。歩きながら壁や柱をべたべたと触っている。

——落合くんの、親父さんや。

益弘の顔を、鈴木は知らない。だがわかった。彼を通して、いま自分はものを視ている。そう伝わってくるなにかがあった。

益弘は、サービスエリアの表にタクシーを待たせていた。手がかりがほしくて、いったん自動車道を降りたのだ。その際にここで彼女とニアミスしたらしい。

——そのニアミスを、おれが感じて拾いあげた。

鈴木は益弘に近づいた。

彼の触れた箇所を、自分も触れてみようと思ったのだ。もしかしたら益弘の行き先と、現在の居場所がわかるかもしれない。

益弘はむろん鈴木に気づかない。ガラス戸を通って足早に出ていく。待たせていたタクシーに乗り込む。

それを見届けてから、鈴木は利き手で壁に触れてみた。ついさっき、益弘が掌《てのひら》を当てていた箇所だ。

ずず、と意識が沈むのがわかった。

落ちていく。深く沈まないよう注意しながら、鈴木はかるく手探りした。

やがて指が、なにかの糸と繋《つな》がった。すかさず握る。うまくいった、と直感で悟った。

うまいこと、結びついた。

――落合くんの、親父さんか？

鈴木はいぶかった。

――しかし、それにしてはあっさりと繋がったような。

不審に思った矢先、

「――なんだ？」

耳もとで低い声がした。

「なんだ。……おまえ、鈴木か？」

聞き慣れた声だった。鈴木は思わず叫んだ。

「えっ、泉水さん？」

6

＊二月十一日　午後一時三十五分

森司の眼前で壁まで吹っ飛んだ鈴木は、とうに失神していた。

だが意識がないはずの彼は、一分と経たぬうち、ぶつぶつとしゃべりだした。

「……どこや、ここ……。知らん……知らんフードコート……。スタバ、サーティワン……うどん屋、ラーメン屋、たこやき屋、カレー屋、弁当屋……自販機――。手前に親子連れ……学生カップル……。会社員が、ノーパソいじって……」

目はうっすら開いているが、うつろだ。室内のなにものも映していない。

口調もまた、誰にも訴えかけてはいなかった。独り言というより、寝言に近かった。

「……時計は……時刻は、午前十時四十……。わかった、ああ、これは、今日やあれへんわ……」

途切れることなくつづいている。

「だ、大丈夫なの？」

ふだんはあまり動じない藍が、めずらしくおろおろと訊《き》く。

「うわごと言ってるわよ。救急車呼ぶ？」

「いやこれは、うわごとじゃないと思います」

森司は否定した。

「鈴木はたぶん、落合くんの親父さんの記憶を視てるんでしょう。えーと落合くん、きみはさっき、こう言ってたよな？」

床に片膝《かたひざ》を立てた姿勢で、純太を振りむく。

「『親父は火曜日は一日じゅうどこかへ出かけていた。翌日の九日に、書置きを残していなくなった』と。たぶんだけど、鈴木がいま視てるのは、その詳細不明な火曜日の記憶じゃないかな」

「文字を書く作業を通して、その過去が書置きに染みついたってわけね。書置きに触れた鈴木くんは、だから影響された」

藍が首肯した。

鈴木はとめどなくつぶやきつづけている。

「……ええと、落合くんの親父さん、らしき人――。いや、女の人がおる。……三十歳前後……前下がりボブ……薄手のダウン――ああ、この人や。……おれは……落合くんの親父さんと、シンクロしたんやない……波長が合うのは、彼女や……」

「彼、このままで大丈夫なの？」

藍がいま一度心配そうに問うた。

「なんだか知らない登場人物まで出てきたわよ。これってほっといたら、無限にシンクロしていって、戻れなくなるんじゃ？」

「いや、それはないです」

森司は首を振った。

「他人と無限に繋がっていけるほど、おれたちの能力は強くありません。親父さんの足跡が途切れたり、同調できる人が絶えればそこで終わりです」

言葉を切り、森司はいま一度純太を見やる。

「それより、きみの親父さんが心配だ。書置きに触れただけでこんなふうになるなんて、大もとの親父さんの能力がよっぽど強いんだろう。おれたちは生まれつきこうだから、育つ過程で自然と慣れて、いやでも対処法が身についた。けど六十過ぎてこんな強い力を〝発動〟した親父さんは、きっとすごくしんどいはずだ」

「しんどいって、——え、それ、どういう意味です？」

純太が青い顔で訊きかえす。

森司は答えた。

「そりゃ他人の思考が読めるなんてストレスだし、そうとう不快だろ。体力的な消耗だってあるはずだ。いままでは必要なかった力にエネルギーを割いてるわけだから、疲労もすごいだろうし、脳の負荷から来る頭痛、めまい、ストレス性の胃痛……。なにが起きたって不思議じゃない」

「これは想像に過ぎませんが、いままで無事でいられたのは、お父さまが元警察官だからかもしれません」

こよみが口を挟んだ。

「平均的な六十代より体力があるでしょうし、——こう言ってはなんですが、人間の汚い部分にも慣れているでしょうから」

「なるほど。それは言えてる」

森司は得心した。

その間にも、鈴木の唇はぶつぶつと言葉を紡ぎつづけている。

「……たぶん彼女が触れた壁か手すり、テーブルの端に……親父さんが……。——いまおれは、親父さんを通して、彼女と、シンクロしてんねや……」

「灘はさっき言ったよな。『今晩に向けて、必要な要素《ファクター》が村に集結しつつあるのかも』って」

森司は一同を見まわした。

「おれは、鈴木がこうまでシンクロしたことも気になる。ひょっとしたらこの女性も、ファクターのひとつかもしれない。というか現在進行形で、鈴木もその一部に組み込まれたのかな。この女性の存在とか、言葉とかを通して……」

しばし考えこんでから、

「とにかく、部長に連絡しましょう」

森司は藍を見やった。

「鈴木の言葉を、すべて部長に伝えるべきです。部長に判断してもらうのが、たぶん一番効率がいい。おれたちには儀式どうこうは全然わかりませんし、把握できる立場でもないですから、とにかく部長に」

「おれは、村に向かいます」

純太が叫んだ。

「なにがなにやらさっぱりですが、とにかく親父は、その白良馬村ってとこに行ったんですよね？　あの、おれが書置きに触らせたせいで、そちらの鈴木さんをそんなにしちゃって申しわけないです。ですが――すみません、親父は病みあがりの身です。一秒でも早く、おれは親父を見つけたい。すみませんが、行かせてください」

「待って」

鈴木にかがみこんでいた藍が立ちあがった。

「そうだ、待ってくれ」

森司もそれにならう。腕を伸ばし、出ていこうとする純太の肩を摑《つか》む。

「まだ行かないでくれ。まずは、うちの部長と話して――」

それから決めよう、と言いかけた言葉は口の中で消えた。

次の瞬間、森司はライフルで前頭部を吹っ飛ばされたような衝撃に見舞われていた。

積もりたての雪の匂いがした。

雨とはまるで違う、湿った土臭さからほど遠い匂いだ。透明で澄んだ香り。吸い込むと鼻腔《びこう》の奥がすうっと冷える、森閑と沈んだ匂いであった。

その匂いで満ちた、見知らぬ山に森司は一人で立っていた。

いちめん真っ白だ。どこもかしこも雪に覆われている。雪深い山だった。

——ああ、そうか。

鈴木と同じだ。そうすんなり思える。

おれはいま、あいつと同じく過去にいる。他人の目を通して、世界を視ている。

落合益弘が視た記憶だ、と感じた。鈴木が言うように、根っこがスポーツマンだからなのかは知らない。だが、益弘と同調できたことだけはわかった。

そして彼の中に唐突に生じた、そらおそろしいほどの力の一端も感じとれた。

地元民から〝白勢山〟と呼ばれる山に、森司はいた。

益弘が八日に訪れた山だった。

春になれば蕨《わらび》をはじめとする山菜採りで賑《にぎ》わう山だが、真冬はほとんど人気《ひとけ》もない。一応の登山コースはあれど、コースを離れれば膝上まで雪で埋まり、足をとられて遭難しかねない。

しかし、益弘の足取りに迷いはなかった。

なぜなら彼は、すでに〝視て〟いたからだ。七日の夜に児玉宏美の家を訪れ、女児に触れたとき、彼は視た。この山の、この場所にある洞を。

――地元の人間しか知らないであろう、隠し穴。

森司はなにもかもを、益弘の目を通して目撃していた。そしてそのすべてを口から発しているとも、頭のどこかで自覚していた。

意識は、益弘とともに白勢山にある。

しかし体は雪大の部室棟にあって、藍とこよみに見下ろされている。

「八神くん!」

「先輩!」

叫ぶ二人の声が聞こえる。だが遠すぎて、「ああ」「うん」と、うつろに応《こた》えることしかかなわない。

意識の世界では、やがて益弘が目当ての場所を見つけた。

ナップザックから雪山用のスコップを取りだす。ブレードとシャフトが脱着式の、ナップザックに入れて持ち運べるスコップだった。その場で組み立て、掘る。ひたすらに雪を掘りつづける。

二十分ほど掘って、益弘は手を止めた。

雪の中に、ぽっかりと黒い洞が開いていた。隠し穴の入口だ。

益弘はその洞へもぐりこんだ。身をかがめ、せいいっぱい頭を低くすれば成人男性でも通り抜けられる穴であった。

だが奥深くまでは進まなかった。予期していたそれを見つけるやいなや、益弘は洞を後ずさって、地上へ戻った。

ただし、それを置いてはこなかった。

雪あかりのもと、彼は己が手にしたものへ目をすがめた。

骨だった。黄ばんでいる。

おそらく死後約二十年が経った骨であった。子供の大腿骨《だいたいこつ》に見えた。益弘が目もとをゆがめるのを、森司はわがことのように感じとった。

——行きましょう。

森司はぼんやりと口をひらいた。

藍とこよみが自分を覗《のぞ》きこんでいる。その向こうに、部室の天井が見える。

水中にもぐり、水面《みなも》越しに晴れた空を見上げている気分だった。蛍光灯のあかりが揺れ、たゆたって見える。真夏の陽光のように乱反射している。

——部長が。

——泉水さんが。

——落合くんの……親父さん。益弘さんが。

切れ切れながら、自分がなにかを言っているのがわかる。かろうじて、喉《のど》から言葉を洩《も》らしていると知覚できる。

だが制御できない。さっきの鈴木と同じく、垂れ流しだ。

行きましょう。森司は思った。いや、たぶん言った。

部長を追って、例のシランバ村とかいうところに、おれたちも行かないと。

犯人を止めて、落合くんの親父さんを取りもどさなくちゃ。おそらくはそう口にした。

――それに、行方不明の子供がいます。

サービスエリアで娘を探す母親と、鈴木がシンクロしたんです。女の子です。

その子のことも、探さなきゃならない。だから、村に向かいましょう。

藍がうなずくのがわかった。

そのすぐ横にこよみがいる。眉根《まゆね》を寄せ、心配そうに彼を見下ろしている。その白いデコルテには、やはり青みを帯びた真珠が光っていた。

――こよみちゃん。

森司は思った。

そのネックレス、すごく似合うよ。

きみのために選んだんだ。おれ、きみに喜んでほしくて、すごくすごくいっぱい悩んで、選んだんだ。

ほんとうに似合う。今日もきみは、世界一可愛い。

昨日も可愛かったし、明日はきっと、もっと可愛い。

視界がぶれ、頼りなく震えた。

どうしたんですか、藍さん。なんでそんな変な顔してるんですか。

こよみちゃんも、どうしてそんなに目を見ひらいてるんだ。目玉がこぼれ落ちそうじゃないか。でも、そんなきみも可愛い。おれは、どんな顔のきみも好きだ。

――好きだ。

そう思った直後、森司の意識は暗転した。

第三章

1

＊二月十一日　午後十二時三分

「うーん」

床の間で見つけたオシラサマをためつすがめつして、麟太郎は唸《うな》った。

「この村のオシラサマって、首をはずして着物を脱がせると、ほんとアイヌのイナウにそっくりだね」

「なんだ、イナウって」

畳に寝転がった姿勢で、泉水は問うた。

観光もできない旅先では、ＹｏｕＴｕｂｅでも観るか、寝る以外やることがない。

「木弊と書いてイナウと読ませる祭具だよ」

麟太郎が言う。

「オシラサマとイナウの相似は民俗学者も指摘しているけど、この村のは髪の毛があるぶんよけい似てる。ちなみにアイヌにおける森と樹木の神さまは、その名をシランパカムイと言います」

「シランパカムイ――シランバ村か」

泉水は寝がえりを打ち、肘《ひじ》を突いて従兄《いとこ》を見上げた。

「つまりこの村の祖先は、アイヌだと言いたいのか？」

「ううん」麟太郎は首を振って、

「そうじゃないけど、文化の交流くらいはあったかもね。知ってのとおり、長岡《ながおか》藩の志士は明治の世に『北越殖民社』を設立し、北海道開拓の一端を担った。明治十五年から昭和十年の間に、わが県からは約二十五万人が北海道に移住したとされる。おまけに新潟港は北前船交易をしてたしね。アイヌの文化が一部入ってきても不思議はない。でもぼくが言いたいのは――」

そのとき、固定電話が鳴った。

泉水が這《は》って近づき、覗きこむ。内線ランプが光っていた。受話器を取りあげ、耳に当てる。

「はい、黒沼です」

「失礼します。お昼の時間ですのでお電話差しあげました」

世津子の声だった。

「ふつつかながら出前をお取りいたします。茶簞笥《ちゃだんす》の抽斗《ひきだし》に定食屋、寿司《すし》屋、蕎麦《そば》屋などの出前メニューが入っておりますので、お選びくださいませ」

「抽斗に？　ああ、あったあった」

　麟太郎が身を乗りだし、メニューを引きだす。

　相談の結果、麟太郎は穴子のにぎりを一人前、泉水は穴子丼とかつ丼、モツ炒《いた》めを頼んだ。

「本家。世津子が丁重に復唱し、通話を切る。

「おまえ、それっぽっちで足りるのか」

　泉水は従兄を振りかえった。

「それっぽっちって。普通に一人前を頼んだのに」

　麟太郎が苦笑する。

「でも泉水ちゃんの言いたいことはわかるよ。この村にいると、お腹がすくね」

「ああ。知らん間に体力を使わせられてる気がする。搾りとられてる、が正確か？　さすがにふだんはこんなじゃねえだろうが……」

「儀式の日だからだろうねえ」

　麟太郎はのんびり言ってから、

「あー、早く帰りたいね。みんなと温泉行きたい」とこぼした。

　一時間ほど食休みしたのち、腹ごなしに二人は散歩に出かけた。

　内線で「ぐるっと一周してきます」と世津子に告げ、コートとマフラーでがっちり防寒して外へと出る。

「いやあ、いい穴子だったね」

ご機嫌で麟太郎が言う。

「身が肉厚で、たっぷりして。あれはお寿司屋さんで食べたら、かなりいいお値段がするだろうな」

「かつ丼も美味《うま》かった。ふだんおれはソースかつ丼より、卵でとじたやつのほうが好きなんだがな。今日のはなんといっても、肉と米の質がよかった。『カロリーを食った』という満足感が強い。……それはそうと」

泉水は首をめぐらせた。

「コンビニとスーパーの看板がないだけで、だいぶ景観が違うな」

村内はどこを切りとっても近代的な新しい家ばかりだ。

茅葺《かやぶき》屋根や、煤《すす》けた格子戸の古民家など見あたらない。しかしけばけばしい看板がないだけで、全体にどこかノスタルジックに映るから不思議である。

「お店は個人商店と簡易郵便局くらいしかないんだね。買い物は不便だろうけど、静かでいいなあ。でも夜道がちょっと怖いかな？」

「街灯が多いから大丈夫だろう。おまえが言ったとおり、富裕な村らしい。税金をたっぷり払ってるから、店はなくとも公共設備がしっかりしてる」

泉水は藍に「死神？」と評された黒のロングコートを、麟太郎は防寒第一のファーフード付きダウンジャケットを着込んでいた。靴も滑り止めの付いたごつい防水ブーツで、雪深い中越の道路向けに万全の備えである。

ふと、泉水は電柱の脇に目を留めた。

見覚えあるアテンザが停まっている。

――さっきの捜査員か。

あえてその脇をすり抜けようとした。だが行く手を阻むように、助手席側のドアがひらいた。

「すみませんね。男が素早く降りてくる。ちょっとお話、いいですか？」

早口で男が言う。

泉水はさりげなく一歩前へ出、背後に麟太郎を隠した。捜査員特有の目が、泉水と後ろの麟太郎を睨《ね》めまわす。

捜査員は四十代なかばに見えた。泉水より十センチ近く低いものの、一般的には充分に長身の部類である。つぶれた両耳を見るに、柔道の有段者だろう。

「あなたがた、さっき白葉家から出てきましたよね。あの家とはどういうご関係で？」

「わあ、これって職務質問ってやつですか？」

泉水の背中越しに麟太郎が言う。

「おい」

余計なこと言うな、と肩越しに泉水は目で叱った。しかし麟太郎は意に介さず、わざとはしゃいだ声を上げた。

「警察のかたですよね？　刑事さん？　それとも探偵さんかな」

泉水の背から離れ、捜査員へと歩み寄る。

「館束署です」

「じゃ警察手帳見せてもらっていいですか？　すみません。刑事さんって私服だから、制服警官と違って見分け付かないんですよ」

捜査員がわずかに目もとをゆがめる。

泉水はアテンザの車内に視線を走らせた。もう一人は運転席に座ったままだ。降りてくる気配はない。

捜査員はスーツの内ポケットに手を入れ、いかにも不承不承、といった顔つきでチョコレートブラウンの手帳を出した。ひらいて中を見せてくる。

佐藤なにがし、という平凡な名だった。泉水は下の名をろくに見なかった。この手の瞬間記憶は麟太郎の担当だ。自分まで覚える必要はない。

「もういいですか。で、白葉家とはどういうご関係で？」

「遠い親戚《しんせき》みたいなものです。ぼくら、今夜の神事のゲストなんですよ」

麟太郎がにこやかに答えた。佐藤の眉《まゆ》がぴりっと動く。

「親戚〝みたいなもの〟とは？　つまり親戚じゃないんですね。ゲストとは、どういった意味でしょう」

「白葉家が一種の神職であることは、刑事さんもご存じですよね。ぼくん家《ち》も、立場は違えど神職なんです。その繋《つな》がりで昔から家同士が懇意にしてましてね。そういった意味でのゲストです」

「ふむ、要するに同業者ってことでいいですか？　しかしあなたがたは、ずいぶんお若いようですが」

「はい。学生です」

「学生……。ちょっと学生証見せてもらえます？」

佐藤が目をすがめる。その顔にはっきり「こいつら、うさんくさい」との内心があらわれていた。

「学生証、あるでしょう。ほかの身分証明書でもいいですがね」

「それって任意ですか？　それとも強制？」

麟太郎がにっこり言う。

佐藤の眉が、今度こそ逆立った。瞬時に麟太郎はかぶりを振った。

「冗談です。はいどうぞ、学生証」

しかたなく泉水も学生証と運転免許証を提示した。

佐藤が眉根を寄せ、彼ら二人を見比べる。

「ほう、雪大の院生か。優秀なんですね。下越からわざわざ来たわけだ？」

「さっきも言ったとおり、神事に招待されまして」

「二人とも黒沼？　同じ苗字《みょうじ》？」

「従兄弟《いとこ》なんです」

「似てませんね」

「あはは。よく言われます」

佐藤の顔つきがさらに険しくなる。「うさんくさい」を通り越して「こいつら、あやしいぞ」に深化しつつある。

いまんとこ嘘はついてねえんだがな——と思いつつ、泉水はふたたびアテンザの車内をうかがった。車内の相棒は冷静らしく、やはり動く様子はない。

佐藤は学生証と運転免許証を泉水たちに返して、

「ところで、女の子を見ませんでしたか？」

　と尋ねた。

「女の子？」

「ええ。今年八歳になる女の子。花の椿に紀行の紀と書いて、ツバキちゃんと読みます。身長は百二十センチほどで痩《や》せ型。焦茶色のダッフルコートに、デニムのスカートです。母親と一緒かもしれません。もしそうなら、母親は三十歳前後で中肉中背。肩までの髪です」

「なにかあったんですか。誘拐とか？」

「それはお話しできません」

「七、八歳の女の子が行方不明というニュースは、ここ数日観てないけどなあ。マスコミに情報を伏せてる段階なんですか？」

「お答えできません」

「白葉家と関係ある女の子なんですね」

「だから、お答え……」

あきらかに佐藤が苛立《いらだ》ってきたところで、

「あの子になら、さっきも会いましたが」

泉水は通りの向こうを指して言った。捜査員が振りかえる。

視線の先には心絽がいた。母親らしき女性と手を繋ぎ、商店の店さきを覗《のぞ》きこんでいる。菓子かジュースでも買いに来たらしい。

「三十歳前後で中肉中背の女性と、七、八歳の少女。ぴったりですが」

そう泉水はとぼけた。

どう見てもあれは心絽の母親だ。つまり世津子の娘、梨世だろう。だが佐藤の反応は意外だった。なぜか顔をしかめ、

「いや、あれは……」

と言葉を濁した。

そのときだ。視線に気づいたか、梨世がこちらを見た。はっと目を見ひらく。心絽の手を引き、早足で近づいてくる。

「佐藤さん！」

顔に似合わぬきつい声で、梨世は数メートル先から叫んだ。

「そのかたがたにはやめてください！　うちの大事なお客さまなんですよ。黒沼さまにだけは、ご無礼があっては困るんです！」

「いや、しかし……」

「そちらのお二人は今日来られたばかりで、事件とは関係ありません。わたしが保証します。それとも、わたしの言葉までお疑いになりますか？」

「そ、そうは言ってないだろう」

佐藤なにがしは、梨世の勢いにたじたじであった。舌打ちし、逃げるようにアテンザに乗りこむ。

助手席のドアが閉まるやいなや、アテンザは急発進した。所要時間わずか数十秒の、あざやかな退却ぶりであった。

「いやあ、助かりました」

麟太郎が梨世に微笑む。

「あの佐藤さん、あなたが鬼門のようでしたね。お知り合いですか？」

「知り合いというか、元同僚です」

梨世も微笑みかえした。

「わたし、四年前までは館東署の警察官でしたから。つまり女警です。総務係とはいえ、一応刑事課だったんですよ。だから、まだ顔だけは利くんです。——お二人は、黒沼さまのご本家さまと分家さまですよね？」

「そういうあなたは梨世さん」

「ご存じでしたか。母が言ってました？」

「はい。心紹ちゃんとも、ついさっき会いましたよ」

「えっ」

梨世が目を剝《む》き、娘を見下ろした。

心紹が口を尖《とが》らせて、「だから言ったじゃん！　さっき王さまに会ったたって」と抗議する。

「王さまって……、ああ、アニメの話じゃなかったのね」

「アニメと現実、間違えないもん！　心紹、そんなに赤ちゃんじゃないし」

心外だ、と言いたげに猛反論する。今度は梨世がたじたじとなる番だった。

麟太郎は微笑ましそうに目を細めて、

「ところで、椿紀ちゃんとは誰です？」

と訊《き》いた。

一瞬、梨世が言葉に詰まる。そんな母親をよそに、

「漣伯父さまの娘だよ！」

心紹が答えた。

「心紹よりひとつ上だから、いま二年生なんだよ。もうずっと会ってないけど」

「そうなんだ。どこに行ったかわからないの？」

「そうみたい。おまわりさんたちが捜してたもん。でもちょっと前からおまわりさんたちはいなくなって、残ったのはさっきの二人だけ」

「そっか。心配だね」

麟太郎は顔を上げ、梨世を見つめた。

梨世がまぶたを伏せる。

「漣さまの元奥さまと娘さんが、先週から、行方不明だそうで……」

彼女は歯切れ悪く言った。

「まだ見つかっていないんですか」

「わかりません。わたしはもう一般人ですから、警察の情報も入ってきませんし」

「警察は、白葉漣さんを疑っているんですね？」

梨世はまたも答えをためらった。しかし心絽が、

「漣伯父さま、椿紀ちゃんのシンケンがほしかったんだって」

と無邪気に言った。

梨世が「しっ」と小声でたしなめる。委細かまわず心絽はつづけた。

「おばさんたちが言ってたもん。漣伯父さまが悪くて離婚されたから、シンケンは元奥さんのほうに行ったんだって。でもそれがいやで、伯父さまは取りかえそうとしてたんだって」

麟太郎は梨世に顔を戻した。

梨世と彼の視線が一瞬絡み合う。やがて、そらしたのは梨世のほうだった。

「警察は、親権を取れなかった漣さんが誘拐したと思ってるんですか」

麟太郎が問う。

梨世は諦《あきら》めたように息をつくと、

「わかりません。でも正直言って……疑われても、しかたがないかと」

ぼそりと言った。

「漣さまのことは、ほんの子供の頃から知ってます。——ずっと、ああいう人です。おもちゃもゲームもちっとも大事にしないくせに、他の子に『ちょうだい』って言われたら、絶対あげない人。よその子にあげるくらいなら、叩《たた》き壊してしまう人です」

「それをわが子に対してもやった、と？」

麟太郎の声音が微妙に変わっていた。

泉水ははっとし、会話に割って入ろうとした。だがいち早く、当の麟太郎に手で制された。

梨世が呻《うめ》くようにつづける。

「……世の中には、親になっちゃいけない人っていうのがいるんです。男女問わず、あの手の親はみんな同じ。親になりきれない親は、みんなああです。子供なんて、どうだっていいと思ってる。大事なのは自分のプライドだけ」

麟太郎の顔からゆっくり血の気が引いていくのを、泉水は見守った。「そこまで」と梨世を止めたかった。だが麟太郎が、それを望まないこともわかっていた。

――本家は、七歳のとき実の父親に誘拐された。

麟太郎がまだ赤子同然のとき、ふらりと家を出ていって以来、生き別れとなった実父である。

麟太郎が発見されたのは、約一週間後だ。脱水症状と栄養失調で意識不明だった。体じゅう打撲の痣《あざ》だらけで、複数の骨が折られていた。

梨世が片手で額を覆う。

「ああいう人は、いつの世もいます。……何代変わっても、同じことの繰りかえし。わたしの祖父も、その一人でした。憎い相手の――自分から逃げた女の、大事なものを奪って、いやがらせしたいだけ。その連鎖を断ち切りたくて警察官になったのに、似たような人を何十人、何百人と見せられただけだった。うんざりでした。ほんとうにきりがなくて、わたし……」

そのとき、ふらりと麟太郎の体が揺れた。

泉水はすかさず腕で従兄《いとこ》の体を支えた。麟太郎の顔は青を通り越し、いまや紙のように白かった。

息を呑《の》んだ梨世と心絽に、

「ああ、すみません。……大丈夫。すぐ治ります……」

鱗太郎は力なく手を振ってみせた。

心紹の眉《まゆ》が、一瞬にして八の字に下がっていた。病人や怪我人がトラウマなのかもしれない。不安げに、ぎゅっと両手を握っている。

鱗太郎は「大丈夫」と心紹に笑いかけて、

「いや、ほんとにすぐ治りますから」

と梨世に顔を向けた。

「自分の体なんで、自分が一番よくわかってます。──ぼくの体質からして、こういうときはべつの考えで頭を埋めるのが一番なんですよ。よかったら、氏神さまのお社まで案内してくれません？」

2

＊二十年前　七月十四日

──この場所は、時が止まっているとでもいうのか。

烏丸理市は、呆然《ぼうぜん》と白勢山の森に立ちつくしていた。

むろんそんなはずはなかった。時が巻き戻ることも、止まることもこの世にはない。理性ではわかっている。ＳＦ映画や漫画じゃあるまいし、あり得ない。

だが頭では理解していても、彼は狼狽《ろうばい》をぬぐえずにいた。

――この森は、すこしも変わっていない。

湿った苔《こけ》と下草が茂り、頭上は厚い枝葉でふさがれている。かすかに陽のすじが射しこむほかは、薄暗く深い森だ。

烏丸は、太い樫《かし》の陰に身を隠していた。

視線の先には少女がいた。

白い横顔。血を透かした薄桃いろの頬に、長い影を落とす睫毛《まつげ》。繊細な首すじ。

十八年前に見たままの少女であった。

とはいえ、まるきり同じではない。肩までだった髪はショートカットになり、ファッションも現代的になった。例のジャンパーの男はあたりに見えず、少女一人で森を散策している。

だが細部が違うだけだ。顔も、たたずまいもそっくりだ。

少女は虫取り籠《かご》を腰に提げていた。低木の葉を一枚一枚裏返し、覗《のぞ》きこんでいる。羽化する前の蝶《ちょう》でも探しているのだろうか。

――間違いない。あの子だ。

あの子そのものだ。

見つめれば見つめるほどに、烏丸は確信した。

次いで、まわりへ目を走らせる。

あの男の気配はない。やはり今日はいないらしい。あの紺のジャンパーの男。十八年前に、少女の首を両手できつく絞めあげていた男は。

烏丸は両手をゆっくり握った。そしてひらいた。

何度か握って、ひらいて、を繰りかえす。掌《てのひら》が汗ばんできた。体温が高くなっている。と、自分でもわかる。

烏丸はすでに勃起《ぼっき》していた。痛いほどだった。

彼は今日この森に来るまでに、四人殺した。いずれも少女だった。十八年前、この森で見た少女の面影を求め、あの興奮をいま一度得たくて殺したのだ。しかし四回とも、望んだほどの昂《たか》ぶりは得られなかった。

――でも、いまわかった。

おれが求めていたのは、やはりあの子だ。似ているだけの子では足りない。あの子でなければ駄目なのだ。

そして今日、あの男はいない。

――これは運命だ。

おれはついに、あの男になり代わる。今日はおれがあの子を捕まえる。あの子の白い細い喉《のど》に両手をかけ、この手でおれが絞めあげるのだ。

烏丸は想像した。少女の脚が力なく揺れるさまを。いたいけな顔が真っ赤に膨れあがり、眉間《みけん》に皺《しわ》が寄り、無残に白目を剥《む》くさまを。

烏丸は深呼吸し、荒い鼻息を抑えた。

抑えながら少女の苦悶《くもん》の表情を思い浮かべ、心から愉《たの》しんだ。

あの子はこれから、おれに捕まる。捕まって首を絞められる。絞められつづける。

やがて顔は真紅を通り越し、黒みを帯びていく。ばたばたしていた脚も動きを止める。

死に向かって痙攣《けいれん》をはじめる。

——見たい。

それが見たい。いや、この十八年間、ずっと見たかった。

限界だった。

烏丸は樫の陰から、のっそりと忍び出た。

——見たい。あの子の苦悶する顔を、見たくてたまらない。

チノパンツのポケットに手を入れる。かすかな音とともに、ナイフの刃が飛びだすのがわかる。とうに使い慣れ、手に馴染《なじ》んだナイフであった。

あれから十八年待った。ついに、おれの番がやって来た。

いまならわかる。自分が殺してきた三人は、予行演習だった。今日のこの日を迎えるための、ただの前座に過ぎなかった。

烏丸は無造作に近づいた。

足音を忍ばせることすらしなかった。気がはやっていた。興奮しすぎていた。下草が鳴り、茂みが鳴る。

その音に、少女がはっとして振りむく。

烏丸は少女に気を取られていた。彼女だけを見つめていた。全神経が、少女に集中していた。

だから気づかなかった。いつの間にか自分が包囲されていたことに。茂みから、黒い影が飛びだしたことにも。

影は複数だった。烏丸は抵抗ひとつできなかった。

気づいたときには後頭部に痛みを感じ、くずおれていた。

視界がみるみる狭まる。意識が遠くなっていく。

霞《かす》んでいく視界の中、烏丸は少女の顔を見た。あどけない顔が、怯《おび》えにゆがんでいた。

誰かの声が聞こえる。

「……おぉい。こいつ、どっかで見た……」

「ああそうらわ。テレビで――指名手配犯……」

「こいつですて、……ほら、ひい祖母《ばあ》さんが、山手の……」

近くの低木に血のしずくが散っている。

烏丸自身の血であった。

すでに手足の自由が利かない。指一本動かせない。

「……そってはいいわ。うん、なによりらて。……村にゆかりの……これで、次の儀式も……。なによりの贈り物……」

烏丸の意識が薄れていく。

「……それもこれも、ぜぇんぶ、シランバサマの思《おぼ》し召しらて……。やいや、ありがたや、ありがたや……」

3

＊二月十一日　午後二時三十一分

藍が運転するシルヴァーのアウトランダーは、北陸自動車道に向かって疾走していた。

そして森司は、アウトランダーの後部座席におさまっていた。

意識はあいかわらずだ。半分が現実に、半分が〝益弘側〟にいる。いや、ほんとうに益弘側と言えるのかどうか、正確なところさえわからない。

体も意識も、まるで言うことを聞かない。自分がいまどういう状態なのか、まったく把握できなかった。

――受信しすぎだ。

そう思った。

サイコメトリーだかなんだか知らないが、情報が押し寄せすぎている。これ以上は無理だ。オーバーロード寸前であった。

その証拠に、失神する寸前には頭が割れるように痛かった。

だが過負荷によるパンクは、なんとかまぬがれているようだ。

右頰から顎《あご》にかけて、森司はとても柔らかくあたたかく、いい香りのするなにかに沈みこんでいた。

顔を埋《うず》めている、と言ってもよかった。首にも、同じくあたたかいものが二本絡みついている。

――この柔らかなもののおかげで、自分はパンクせずに済んでいるらしい。

そう、本能的な感覚でわかった。

だがその正体まではわからなかった。

なぜか真上にこよみの顔が見える。だがあたたかな感触と、彼女の顔とは、頭の中でまるで結びつかなかった。

「――わたしはもともと、憑《つ》かれやすい体質でした。でも大叔母に入ってもらった以降は、おさまって……」

こよみちゃんがなにか言っている。森司は思った。

耳を傾けないと。ああ、でも頭が全然働かない。

おれが考えているのか、益弘さんの考えが雪崩《なだ》れこんでいるだけなのか、はたまた考えてるだけじゃなく、しゃべっているのか。なにひとつ、皆目わからない。

「……大叔母のおかげで、いまのわたしは常人より〝寄せつけない〟のかも……、八神先輩にとっては、有害電波を防ぐ板……、いえ、盾なのかもしれま……」

かろうじて森司が理解できるのは、自分がアウトランダーの後部座席にいること。自分のそばにこよみがいること。助手席に落合純太が着いたことであった。

鈴木も車内のどこかにいる。鈴木はすでにサービスエリアの澤北なにがしとは〝切れた〞らしい。だが目を覚ます様子はないようだ。

森司には確信があった。

部長たちと村で合流できれば、彼と鈴木のオーバーロードもおさまる。そんな奇妙な確信であった。

そう藍たちに訴えた気もするが、まともに言葉にできたか自信がない。とにもかくにも、五感の境界があいまいだ。どこまでが〝内心〞で、どこまでが〝外に洩《も》れた声〞なのか、さっぱり知覚できない。

「いったん、情報を整理しましょう」

ハンドルを握る藍の声が聞こえた。

「あたしたちが一番にすべきことはなに？　落合くんのお父さんの保護よね？　でもお父さんは、あてどなく徘徊《はいかい》してるわけじゃない。頑とした目的がある。その目的を把握しなきゃ、行く先だって予想できないわよね。よし、まずは二十年前の事件を整理しましょう」

「検索します」

こよみの声がした。同時に柔らかいものが蠢《うごめ》く。

森司は頭をもたげた。

ああ、こよみちゃんが見える——。森司は思った。

この角度から見上げる彼女の顔は新鮮だ。やっぱり可愛い。そして真剣な表情も素敵だ。今日も、おれはきみが好きだ。

こよみの頰が、なぜかぽっと紅潮した。

「先輩。す、すこし……すこしだけ、抑えてください」

と小声で言う。

そうか、と森司は思った。よくわからないけど、きみが言うならそうしよう。きみの望みはすべてかなえたい。こよみちゃん。好きだ。

「よ、読みあげます」

こよみが咳払《せきばら》いして、

「烏丸理市についての情報は、県警のウェブサイトから閲覧できました。〝二十年前に起こった『磐越《ばんえつ》幼女連続殺人事件』の被疑者。福島を含む三箇所で、それぞれ幼女三人を殺した疑いで逃走中。昭和××年七月三十一日生まれ。身長一七〇センチくらいで、がっちりした体格。右頰に大きなほくろ〟」

と言った。

「事件概要もお願い」

左カーブに沿ってハンドルを切りつつ、藍が言う。

「はい。以下は『磐越幼女連続殺人事件』のウィキペディア記事です。

〝二〇××年から翌二〇××年にかけ、中越地方・上越地方・福島県で発生した、幼女を対象とする一連の連続誘拐殺人事件である。

被疑者とされたK・Rは現在も指名手配中。二〇××年七月、古釧《こせん》市永巻《ながまき》二丁目に建つマンション五階のK宅に、家宅捜索令状を持った古釧署員が訪れたところ、K・Rは同行に応じるふりをして非常階段から逃走した。非常階段の降り口には逃走を防ぐための署員が配置されていたものの、K・Rが所持する刃物によって切りつけられ、逃走を許す結果となった。

その後K・R宅を捜査員が捜索すると、犯行を示す物証（被害者の衣類など）が複数点発見された。この物証により、警察庁はK・Rを同三件における犯人と断定。警察庁指定重要指名手配被疑者とした。現在K・Rには、上限六〇〇万円の懸賞金が掛けられている。〟……」

「そのK・Rが、落合くんのお父さんが言った烏丸理市よね？　三人殺して、あと一人いまだ行方不明の子もいるとか」

「そうです。行方不明の女児については、県警のサイトでいまだ情報提供を訴えています。〝橘《たちばな》まどかちゃん（9）。夕方六時ごろ、愛犬の散歩中に行方を絶った。髪は肩までの長さ。薄茶のダウンジャケット、紺のジーンズ、臙脂《えんじ》に白ラインの入ったスニーカー〟。なお烏丸のマンションからは、まどかちゃんのDNA型が付着した靴下の片方と、犬の死体が見つかっています」

「最悪」

藍が吐き捨てた。

「最低最悪な野郎ね。それ以上聞きたくないけど、聞かなきゃいけないからよけい腹立つわ。烏丸の足取りはどこで途絶えてるの？」

「マンションから逃走した二日後、実家近くの駅で目撃されたのが最後です。実家には合同捜査本部の捜査員が待ちかまえていましたが、烏丸は察したのか、立ち寄ることなく逃走しています」

「それが最後？　その後二十年、一度も目撃されてないの？」

「目撃談は何百と寄せられました。でもすべて不確かで、有力な情報はひとつもなかったようです」

「最後に目撃された烏丸は一人だった？　まどかちゃんを連れてなかったのね？」

「一人だったそうです」

「ああもう。舌打ちするのは嫌いだけど、舌打ちしたい気分」

藍が不快そうに言った。

「ごめん。感情的になりそうだから、話題を変えるわ。落合くん、きみのお父さんに寒中見舞いを出した女性――児玉さんだっけ？　あの人が拾った女の子について、なにか情報はないの？」

「続報は、ないはずです」

純太が答えた。

「というか、警察のほうで進展があってもおれにはわかりません。警察って、むちゃくちゃ秘密主義ですから。とはいえ身内意識は高いんで、親父にだけはネタを流すかもですが」

「すくなくとも、きみに直接流されることはない？」

「そのとおりです」

純太は深くうなずいて、

「現場で聞いた〝二日から行方不明になっていた、山形の子じゃないか〟という情報も、ぽろっと無意識にこぼした感じでしたから。すくなくとも、おれたちに聞かせようとしてしゃべったわけじゃないです」

「二日から今日まで行方不明なら、かなり長期ですよね」

こよみが言った。

「検索しましたが、現在山形県で女児が行方不明だ、というニュースはありません。今日は十一日です。七、八歳の女児が十日近く行方を絶っているなら、普通は全国ニュースになるものですが」

「なにか事情があって、警察が情報公開に踏み切ってないのかも」

　藍がハンドルを切り、追い越し車線に入った。

「たとえば身代金を要求されていて、警察の介入を犯人に知られたくないとか。はたまたヤバい筋の娘さんだとか」

「ヤバい筋？」純太が訊《き》いた。

「とまでいかなくても、お偉いさんの娘だとか」と藍。

「その子も気になりますが、澤北さんの娘さんも気がかりです」

　こよみが言う。

「落合くんのお父さんが、澤北さんとサービスエリアで出会ったのは八日のことですよね？　でも澤北さんの娘さんの失踪《しっそう》も、同じくニュースになっていません」

「実の父親のもとにいるからじゃないの？」

　藍が答えた。

「澤北さんにしてみたら不本意だろうけど、いわゆる家族間のなんちゃらで、民事扱いになる可能性は高そうだもの。DVやストーカーに対する意識は昔より高まったけど、娘が実父のもとにいるなら、問題にしない警察官は多いでしょう」

「というかその澤北って人は、親父の件と関係あるんですか？」

　純太が割って入った。

「実の父親が娘を連れてったんなら、連続殺人犯とは関係ないですよね？　それともまさか、その子が烏丸の娘だとでも？　逃走先で結婚して子供をもうけて、二十年間誰にもバレずに暮らしてた——なんて、まさか言いませんよね？」

「落ちついて」

藍が冷静にさえぎる。

「二十年どうこうを言うなら、それこそわからないことだらけなのよ。この二十年間、烏丸理市はどこにいたのか。生きていたなら、なぜ誰にも足取りを追われず、またなぜ二十年間犯行を止めていたのか。

きみのお父さんが彼の名を出して白良馬村に向かった事実からして、そこにはきっと彼の痕跡《こんせき》があったんでしょう。でも、疑問はやっぱり山積みのままよ。

烏丸は二十年前、その村に逃げこんだ？　その後に彼は逃げたのか、それとも二十年そこで暮らしたのか？　八神くんが言うには、きみのお父さんは森の洞で白骨を見つけたらしいわね。その白骨化した遺体を洞に隠したのは烏丸？　その事実を村人は知らなかった？　きみのお父さんは、烏丸理市と会えると確信して村に向かった？　……そしてこれら全部の謎を、お父さんはどう扱うつもりなの？」

車内に、なんともいえぬ沈黙が落ちた。

純太が言いかけたとき。

「お、親父は……」

——鳥居だ。

森司は、後部座席から声を洩《も》らした。

いや、ほんとうに洩らしたのか、考えたのか、それともただ感じただけなのかはわからない。

とにかく〝鳥居〟という単語とともに、見知らぬ情景が脳裏を駆けめぐった。次いで〝神社〟の単語が浮かぶ。神社。鳥居。氏神。

だが次の単語を発する前に、電話が、と森司はあえいだ。

――電話が、鳴ります。

言い終えると同時に、車内にスマートフォンの着信音が響いた。

純太がはっとした顔になる。リュックサックに彼は手を伸ばした。ファスナーを開け、スマートフォンを取りだす。

純太は呆然《ぼうぜん》と言った。

「親父のスマホにだ……。児玉さん、からです」

4

＊二月十一日　午後二時三十五分

児玉宏美は、自宅の居間にぽつんと座っていた。

たった一人の八畳間は、ひどく寒ざむしかった。背もたれを倒した座椅子の上には、子供を引きずりだしたときのかたちのままに、毛布が丸まっている。蟬の抜けがらのようにうつろに映った。

——また、失った。

宏美は天井を仰いだ。

またわたしは、娘を失った。

あの子が美結でないことくらい、ほんとうはわかっていた。そこまでおかしくなったわけではない。だが、娘だと思いたかった。取りもどしたのだと信じ、みずからを慰めたかった。

——また失ったいま、もうなにもする気が起きない。

生きる意味、呼吸する意味すら感じられなかった。

背後でけたたましい音が鳴る。固定電話の着信音だ。

宏美は緩慢に振りかえった。

表示を見ると、公衆電話からだった。いつもなら知らない番号は取らないところだ。

しかし宏美は、捨て鉢な気分で受話器を耳に当てた。

「はい、児玉です」

「児玉さん？」

聞き覚えのある声だった。

そしていまは聞きたくない声だ。宏美から二人目の娘を奪った、当の落合益弘であった。

その気配を悟ったかのように、益弘が言う。

「申し訳ない。だが、切らないでください。児玉さん、とうにお気づきかもしれませんが、わたくし……」

通話が切れてからも、宏美はしばし益弘との会話を反芻《はんすう》していた。

一言一句思いかえし、ゆっくり咀嚼《そしゃく》する。

会話の全容を理解し、呑《の》みこんだのは、数分後だった。

宏美は受話器をいま一度持ちあげると、電話帳の登録番号を呼びだした。数回のコール音のあと、通話が繋《つな》がった。

「はい、もしもし？」

益弘の息子の声だった。

驚きはなかった。ついさっき益弘自身が、スマホは置いてきた、と言っていたからだ。

「どうしました？」尋ねる純太にかまわず、

「……たったいま、あなたのお父さんから電話があったわ」

宏美は言葉を継いだ。

「わたしね、娘をあいつに奪われてから、この二十年、ずっと、あいつを殺すつもりだった。きっとあいつはまた戻ってくる。そのときこそ殺してやろうと、二十年間用意していたわ。そのために、毎日ハンティングナイフを研いできた」

「児玉さん？」

純太の狼狽《ろうばい》が伝わってくる。宏美は言った。

「そのナイフを、――落合さん、持っていったんですって。わたしに触れて、『ナイフがあるとわかったから』って言ってた。そのナイフで、わたしの娘の仇《かたき》を討ってくれる、って……」

「え？　ど、どういう意味です」

純太の声がうわずった。

「仇って、なんですかそれ。まさか親父、誰かをナイフで刺すつもりじゃ――。ちょっと、児玉さん？　聞いてますか、児玉さん？」

「お父さんに、伝えて」

ぬるい涙が頬をつたって落ちるのを、宏美は感じた。

「公衆電話だったから、折りかえしてお礼を言おうにも、できないの。だから、あなたからお父さんに伝えて。……ありがとう、と。わたしの代わりにありがとうございます、と言っていた、と」

「いや、児玉さん。待って。冷静になってください。あなたはいま、自分がなにを言ってるか、わかってな――」

「わたしは充分、冷静よ」

宏美はさえぎった。

「自分がなにを言っているかも、自分の望みもわかっています。二十年前からずっと、わたしの望みはこれだった。あいつに、償わせてやる。わたしから永遠に娘を奪ったことを、死の間際に、あいつに後悔させてやる。——あなたのお父さんは、その思いを汲《く》んでくれたのよ」

5

＊二月十一日　午後二時三十二分

梨世の案内で、泉水は麟太郎とともに素盞嗚《スサノヲ》神社に向かった。

傾斜のゆるい坂をのぼっていくと、まず目を射たのは、幾重にも連なる石づくりの鳥居であった。

伏見《ふしみ》稲荷《いなり》の千本鳥居ほどではない。しかしかなりの数である。

記名があるので寄進らしいが、稲荷信仰でもないのに珍しいな、と泉水はいぶかった。

ただし鳥居は朱塗りではなく、白い石肌が剝《む》きだしだ。

「異界へとつづく道だね」

麟太郎がぼそりと言った。

「鳥居とは彼岸と此岸《しがん》を区切る境界であり、神域への門だ。一基くぐるごとに、ぼくらは俗世から遠ざかり、神の領域に近づいていくんだ」

鳥居の列が切れると、その先には玉垣に囲まれた社務所と本殿が待っていた。

思いのほか、小体な神社であった。

檜皮葺《ひわだぶ》きに切妻造りの、オーソドックスな本殿である。

社の柱は長年の風雨にさらされたゆえか、黒ずんで木目が浮いている。ひと抱えもありそうな注連縄《しめなわ》だけが妙に新しい。かたわらに建つ御神木にも注連縄が巻いてあったが、こちらはポピュラーな榊《さかき》や招霊木《おがたまのき》ではなく、桑の木であった。

「やっぱりオシラサマの里だけあって、桑の木を尊ぶんだね」

麟太郎が、葉の落ちた御神木を見上げた。

「心紹。背中でアソバセていたオシラサマを奉納してきて」

梨世が言った。

心紹がうなずき、社務所のほうへ駆けていく。

社務所の引き戸は開けはなされており、中がよく見えた。無数のオシラサマがずらりと壁に立てかけられ、床にも積まれている。

「――椿紀ちゃん、無事に見つかればいいんですが」

梨世が声を落とした。

麟太郎が「ですね」と同意する。

「オシラサマは子供を守る神さまだ。新しい着物を好み、子供の背で遊ぶことを好む無邪気な土着の神だ。……大丈夫ですよ。椿紀ちゃんが漣さんの長女ということは、白葉家の直系だ。祭祀《さいし》継承者の血を引く子を、村の神が守らないはずがない」

「ええ」

梨世はどこかうつろにうなずいて、

「……『磐越幼女連続殺人事件』って、ご存じですか」

と言った。

「え？　あ、はい。ぼくが子供の頃に起こった事件ですね。確か上中越の――ああそうか」

麟太郎は合点《がてん》顔になった。

「中越の被害者は、この近くにお住まいでしたね。一人は死体が見つかったが、一人はいまだ行方不明。そして犯人も、いまもって指名手配中」

「わたしは当時、九歳でした。国道を走れば、村から十キロと離れていないところで女の子が殺されたり、犬の散歩中にいなくなったり……。ちいさい子を持つ親は、みんな怯《おび》えてました。わたしの母もです。でもさいわい、この村から被害者は出なかった……。大人たちは『オシラサマとシランバサマが守ってくださった』と言っていました」

梨世はふっと言葉を切り、

「すみません。こっちの話ばかりして。ところでスサノヲサマとオシラサマの共通点について、母にいろいろ教えてくださったようですね」

笑顔をつくり、彼女は話題を変えた。

「母が感激していました。『さすが黒沼さまのご本家さまだ。博識だ。お言葉のひとつひとつに重い含蓄がある』って」

「そんな。こちらこそ、つい語っちゃってすみません」

麟太郎は苦笑した。梨世が問う。

「よそのスサノヲサマは馬頭じゃないって、ほんとうですか？ お恥ずかしい話ですが、ほかの氏神さまのことは全然知らなくて。夫と住んでいた町はお祭りに熱心じゃなかったから、そういえばなんの神さまかも知らないままです」

「普通はそんなものですよ。お祭りがあったら屋台で綿《わた》あめ買って、楽しく御神輿《おみこし》担いで終わりでしょう。神さまの正体なんて、気にするほうが珍しい」

と麟太郎は手を振ってから、

「それにスサノヲは、ひどく謎の多い神ですからね。そこもオシラサマとの共通点と言えます。とにかく謎に包まれた神さまですよ」

と言った。

「なにしろ『古事記』でも『日本書紀』でもスター級の超メジャーな神さまなのに、日本の神じゃないなんて説もあるくらいだ」

「え、そうなんですか？」

目をまるくする梨世に、

「一説には、渡来人が信仰していた神だった、と言われます」

鱗太郎は首肯した。

「日本に渡って住みついた渡来人が牛頭天王を祀《まつ》ったことで、やがて日本神話のスサノヲと習合した、等々ね。『日本書紀』によれば、スサノヲは高天原から追放されたのち新羅《しらぎ》の曽尸茂利《ソシモリ》に降臨したが、すぐ出雲《いずも》の国に渡りました。この〝ソシモリ〟とは牛頭を意味する朝鮮語なんだそうです。そして神にちなんでか、朝鮮半島には〝牛頭〟と付く地名があちこちにあるらしい」

「はあぁ」

梨世が鼻から息を抜くような相槌《あいづち》を打った。

鱗太郎はにっこりして、

「よくわかんないでしょ？　そのとおり、よくわからない。かくのごとくスサノヲは、正体不明な神さまなんです」

と言った。

「その存在からして不思議だ。ご存じとは思いますが、スサノヲは伊弉諾尊《イザナギノミコト》から、天照大神と月夜見尊《ツクヨミノミコト》とともに生まれました。もちろん天照大神は太陽、月夜見尊は月を司《つかさど》る神です。

太陽と月が同時に生まれるのは理解できますよね。古今東西、どこの神話でも太陽と月は対となる存在だ。たとえばギリシャ神話では、太陽神アポローンと月神アルテミスは双子の兄妹《きょうだい》です。ローマ神話のアポロンとディアーナも兄妹。太陽神ヘーリオスと月神セレーネーも同様です。またリトアニア神話では月神メーヌオと太陽神サウレは夫婦ですし、メソポタミア神話の月神ナンナと太陽神ウトゥは親子だ。北欧神話の太陽神ソールと月神マーニも、双子の姉弟《きょうだい》です」

立て板に水で並べたてる麟太郎を、いまや梨世は口を開けて眺めていた。

麟太郎がつづける。

「そして、われらが天照大神と月夜見尊もやはり姉弟です。では彼らの弟にあたるスサノヲはなんの神か？　これがわからない。太陽神や月神と同時に生まれる神は他国の神話にいないわけじゃないが、金星神であるとか大地神であるとか、みな素性はわかっています。スサノヲくらいなんですよ。超メジャーな太陽と月とともに生まれながら、正体不明の神さまなんて」

「嵐の神さまだ、と聞いた覚えがあるが」

泉水が口を挟んだ。

「嵐や稲妻を司るからこそ、スサノヲが太陽を隠して天の岩屋事件が起こったんじゃなかったのか？」

「うん。もちろんそういう説もある。嵐、雷、暴風雨、はたまた天災一般を象徴する神がスサノヲなんじゃないか、とね」

エンジンがかかってきたらしく、麟太郎は揉《も》み手《で》した。

「でもそれじゃ、スサノヲの肝心な謎はやっぱり解けない。なぜならスサノヲは、本来ならば太陽と対になるはずの月夜見尊そっちのけで活躍しつづける。彼は天照大神と誓約《ウケイ》を交わし、宗像三女神《むなかたさんじょしん》を含む多くの神がみを生む。天界では乱暴者だったのに、出雲に降りてからは急に人格者になって、やはり月神よりはるかに目立つ。ヤマタノオロチを退治したり、大国主神《オオクニヌシノカミ》をはじめとする国津神《くにつかみ》を複数生んだりと、八面六臂《はちめんろっぴ》の大活躍だ」

「まあ確かに、月神が目立つほうが神話としちゃ自然だな」

「でしょ？　さてここで話を戻すけど、ぼくがさっき世津子さんに話した蚕の誕生譚《たん》だ。『スサノヲと大気都比売神《オオゲツヒメノカミ》』だよ。

梨世さんは知らないかもだから、もういっぺん説明するとですね、豊穣《ほうじょう》の女神である大気都比売神に歓待を受けたスサノヲは、彼女が鼻や口、尻《しり》から食材を出すのを見て、汚らしい！　と彼女を斬り殺してしまう。だが比売神の死体からは蚕をはじめ、稲、粟《あわ》、小豆、麦、大豆が生まれました。これは『古事記』の逸話ね。

しかし『日本書紀』になると、この話はスサノヲでなく、そっくりそのまま月夜見尊のエピソードにすり替わるんです。

天照大神に命じられた月夜見尊は、保食神《ウケモチノカミ》に会いに行く。そうしてスサノヲと同じく、保食神が口から魚や米を吐きだすさまを目撃してしまう。やはり激昂《げきこう》した月夜見尊によって殺された保食神の屍《しかばね》からは、このとき牛馬、蚕、粟、稗《ひえ》、稲、麦、大豆、小豆が生まれたとされる。『古事記』との相違点、わかりますよね？　『日本書紀』では五穀や蚕だけじゃなく、牛馬が生まれいずるんです。逸話の中にスサノヲが登場しなくなった代わり、彼をあらわす牛頭が、そしてこの村ではスサノヲの象徴である馬頭が――馬が誕生する」

麟太郎は心絽が駆けていった社務所を指して、

「梨世さん。さっきぼくは心絽ちゃんに、こう知識をひけらかしたんですよ。馬頭観音の梵名《ぼんめい》『ハヤグリーヴァ』は〝馬の首〟という意味で、これはヒンドゥー教での最高神ヴィシュヌの異名でもある、とね」

と言った。

「仏教の大もととされるヒンドゥー教にも、日本神話と同じく最高神が三人います。創造神ブラフマー、維持神ヴィシュヌ、破壊神シヴァだ。この三神と、天照大神、月夜見尊、スサノヲの相似は宗教学者にもよく語られるところです。創造神ブラフマーを天照大神とすれば、維持神ヴィシュヌは月夜見尊、そして破壊神シヴァがスサノヲにあたります。

とはいえさっきも言ったように、日本神話のスサノヲは月神が取るべきポジションに出しゃばってくるし、『古事記』と『日本書紀』にまたがってエピソードの混同を起こす。これをヒンドゥー教に比すならば、すなわちシヴァとヴィシュヌの混同です。ということは馬頭で表されるヴィシュヌがシヴァと――シヴァに呼応するスサノヲと混同したとしても驚きはない。つまり馬頭観音、ヴィシュヌ、シヴァ、スサノヲ、これらがすべてイコールで繋《つな》がるわけです。〝蚕の誕生譚〟を通してね」

「よーしよし。よくこじつけた」

言葉もない梨世に代わって、泉水は拍手した。

「あいかわらず口が巧《うま》い。おれにもし貯金があったら、おまえにだまされて羽毛布団のひとつも買っちまいそうだ」

「べつにだます気はないよー。でもついでに、もうひとつ付けくわえさせて。東日本を中心として全国に分布する駒形《こまがた》神社では、馬の神として保食神を祀っている。この保食神を、馬頭観音と同一視する神社も多いらしい。つまり全部を繋げたがるのは、ぼくだけじゃあないんだ。これ、一応の弁解ね」

言い終えるとほぼ同時に、社務所から心絽が出てきた。こちらへ向かって、手を振りながら駆けてくる。

麟太郎は言った。

「失礼ですが梨世さん、さきほど『わたしの祖父《じい》も、その一人でした。その連鎖を断ち切りたくて』……と言っていましたね。そのお祖父さまは、まだ村にご存命なんでしょうか？」

「あ、いえ」

ようやく気を取りなおしたか、梨世が首を振った。

「祖父は母方の祖父でして、わたしは直接に一度も会ったことはありません。というか……母は、もともとこの村の生まれじゃないんです」

「そうなんですか。立ち入ったことを聞いてすみません。いろいろ、事情がおありだったんですね」

「いえ、たいした事情でもありません。よくあることです」

駆けてきた心紹を、梨世は体で受けとめた。

「わたしの母の父、わたしにしたら母方の祖父は、せんも言ったとおり家族に暴力をふるう人でした。たまりかねて祖母は離婚し、あちこち転居した末に、又従兄《またいとこ》が住むこの村を頼って永住した、というわけです」

「ほう。又従兄さんは、白葉家の血すじのかたですか」

「違います。とはいえ村は狭い社会ですから、何代かさかのぼればどこかで繋がっているでしょう。でも家系図などでは、白葉家の傍系ですらない家です」

「じゃあ村の中では――すみません、あえていやな言いかたをしますが、世津子さんは玉の輿《こし》だったんですね」

「まあ、そういうことです。わたしにしてみたら面倒ばかりで、得なんてろくにない玉の輿ですけど」

梨世は苦笑した。

「このままいけば三十三年後は、つまり次代の儀式は、わたしが采配《さいはい》するのかもしれませんね。わたしは心絽を育てるために村にとどまる予定ですし、漣さまが再婚できるかどうかもわかりませんもの」

「いやあ、跡取り息子はそうはいかないでしょう」

鱗太郎がかぶりを振る。

「うちと違って、こちらには選挙のことがありますもんね。地盤を受け継ぐためにも、漣さんはご家庭を持ちたいんじゃないですか？」

「ええ。宗一伯父さまはそうお考えです。――でもね、後添えに来てくださる娘さんが、はたしているかどうか」

梨世は皮肉な笑みを浮かべた。

「ともあれ、今年の本家は儀式どころじゃありません。福江さまじゃなく、うちの母が采配を握れたのは僥倖《ぎょうこう》でしょう。母のそばで、わたしも勉強できますからね。母はわたしを外に出すつもりで、ろくに神事のことは教えてくれなかったから」

「神事、つまり夜にぼくらが立ち会う儀式ですね」

鱗太郎は言った。

「世津子さんは詳細を教えてくれませんでした。『そのときに説明する決まり』だそうでね。梨世さんは、どの程度ご存じなんです？」

「わたしも、まだほとんどわかっていないんです」

ためらいがちに梨世は答えた。

「表の祭事は夕方の四時から、このご神域でおこなわれる予定です。御神輿《おみこし》と山車《だし》が出て、笛に太鼓、巫女神楽《みこかぐら》などの催しがあります。すくないですが屋台も出ますし、子供には甘酒とお菓子、大人には熱燗《あつかん》と芋煮《いもに》がふるまわれます。でも黒沼さまに手伝っていただくのは、〝裏〟のほうです」

「本来の神事ですね」

「そうです。前回の神事にわたしは生まれていなかったので、今回がはじめてのお手伝いになります。多少教えてもらったところによれば、シランバサマに感謝の意を示すため、その昔にシランバサマがしてくださったことを〝お返し〟するんだそうです」

「お返し、ですか」

「ええ。すでにこの村は〝受けとって〟いますから。これ以上神から恩恵を受けることはできません。わたしたちは感謝し、お返しするだけです。もちろんわたしたちはただの人間で、シランバサマの真似ごとしかできませんけどね。洩《も》れ聞いた話では、まずわたしたちはオシラサマをお迎えするんです。そしてお帰りになるための――」

そこまで梨世がいったとき、

「しっ」

泉水が低く彼女を制した。

「誰かいます」

泉水の視線は、連なる鳥居を向いていた。

そうだ、誰かいる。男だ。この角度からは、背中しか見えない。

男は鳥居の一本一本に触れていた。そのたび静かに首《こうべ》を垂れる。ときおり、疲れたようにしゃがみこむ。

なにかを調べているような、探るような仕草だった。動きに迷いがない。

——警察か？

泉水は片眉《かたまゆ》を上げた。

さっきの佐藤なにがしと、物腰がよく似ている。違いはスーツでないことと、スノージャケットが茄子紺《なすこん》なことくらいだ。佐藤よりずいぶん年配だが、あきらかに同じ匂いがした。現場検証をする刑事の手つきだ。

「ちょっと失礼」

梨世にことわって、泉水は鳥居へと向かった。

べつだん警察の邪魔をする気はない。だがあのたたずまいが、どうも気になった。

それに、失踪《しっそう》中だという少女も気にかかる。

実父だという白葉漣によって母親から引き離されたのか、それともほかの誘拐犯が浮上し、警察が新たに動いているのか。

白葉家は富裕な家だ。身代金目当てでさらう不逞《ふてい》の輩《やから》がいないとは限らない。

――どちらにしろ、麟太郎をわずらわせたくない。早く少女が無事見つかってほしい。そう願った。少女のためにも、母親のためにも、麟太郎のためにもだ。彼の過去と記憶がいたずらに掘りかえされる前に、一刻も早く解決してほしい。

泉水は走り、男に駆け寄った。

足音に気づいたか、男が振りかえる。その肩越しに、目が合った。

泉水は足を止めた。

男も目を見ひらいて彼を見つめていた。

六十過ぎに見える男だった。顔はよく日焼けして皺深《しわぶか》かった。しかし体つきは引き締まり、顔と不釣り合いなほど若わかしい。その年代にしては長身で、精悍《せいかん》な空気を全身にまとっている。

――なんだ、これは?

泉水は戸惑った。

男と自分の間に、奇妙な心理的繋《ラポール》がりが一瞬で生まれたのを感じた。

だが、理由はまるでわからなかった。この年まで、一度も覚えのない感覚であった。

――いやな感じはしない。だがこれは、いったい?

困惑する彼を後目《しりめ》に、男がきびすを返す。背中を見せて歩き去っていく。

連なる鳥居の向こうへと、彼岸から此岸《しがん》へと帰っていく。

しかしその背は、泉水の目に「いまだ彼岸だ」と映った。

確かに生身の人間だった。だがあの男は、どういうわけか彼岸に片足を突っ込んでいる。

泉水は麟太郎と梨世を振りむき、大丈夫だ、と手で合図した。

迷わず鳥居に歩み寄る。ついさきほどまで、あの男がためつすがめつしていた鳥居の一本に近づいていく。

そっと掌《てのひら》を当てた。

途端、びくりと泉水の肩が跳ねた。触れた掌からうなじまで、電気に似た痺《しび》れが一瞬走る。

いくつかの情景が脳裏を駆け抜けた。

森。過去。少女。痛み。同時に、なにかと強く繋《つな》がったと感じる。

「なんだ？」

泉水は呻《うめ》いた。

さっきの男と感じ合ったラポールではない。もっと、直接的な繋がりだった。

しかも泉水は、相手をすでに知っている。よく見知った誰かだ。その証拠に、やけに深いところまで――。

「……おまえ、鈴木か？」

鼓膜ではない聴覚が、相手の声を拾うのがわかった。

「──えっ、泉水さん？」

確かに後輩の、鈴木瑠依の声であった。

6

＊二月十一日　午後三時五十六分

少女は森を逃げていた。

走りたい。走って逃げたい。でも膝《ひざ》の高さまで積もった雪のせいで、それはかなわない。コートをまとった体が重い。息が切れる。苦しい。

背後から少女を追っているのは、男だった。

大人の男だ。だがその動きはひどく緩慢だった。酔っているかのようにふらついている。動きがぎくしゃくして、糸の切れかけた操り人形を思わせる。

少女は先刻、男の手を振り払って逃げた。逃げられたのも、いまだ捕まらずにいるのも、男の動作が異様に鈍いおかげだ。

──でも、鬼だ。

少女は思った。あれは人じゃない。鬼だ。気配でわかる。

しかし心の片隅で「まさか」とも思う。

鬼なんて、まさか。そんなものこの世にはいやしない。

そりゃあ、もっとちっちゃな頃はお母さんが言う「悪い子のとこには、鬼が来るよ」を信じていたけれど。でもわたしはもう、小学生だ。サンタクロースも鬼もお化けもいないって、ほんとじゃないって知っている。

――なのになぜ、わたしは鬼に追われているんだろう。

先週、掃除当番をさぼったから？　お年玉を貯金するって約束したのに、ゲームをほしがったから？　友達のミオちゃんに嘘ついたから？　ブロッコリーを残したから？　お母さんの美容オイルの瓶を倒して、いっぱいこぼしちゃったから？

わからなかった。

わかるのはただひとつ、鬼に捕まったら終わりだ、という一点だけだ。終わりだ。そこで終わり。わたしはきっと二度と、おうちに帰れない――。

行く手をはばむ雪が恨めしかった。

せめて春だったらよかったのに。そうすれば逃げきれたかもしれないのに。

あんなぎくしゃくしたやつ、きっと走って振り切れたと思う。わたしは足が遅くないし、男子に勝つことだってあるくらいなのに。

悔しかった。涙が湧いてきて、視界がぼやけた。鼻の奥がつんとする。

鬼が怖かった。怖いと感じてしまうことが、さらに悔しかった。

怖い。気持ち悪い。気味が悪い。それはあいつが、人形みたいな変な動きをするからだけじゃなくて、顔が——そう、顔が。

鬼の顔は、少女が見知った人にそっくりだった。

でも中身は違った。人ならざるものだった。そうとわかるだけに、さらに恐ろしかった。

恐怖でうなじの産毛が逆立った。

涙で顔をくじゃくしゃにしながら、少女は雪にはまった足を懸命に抜いた。

7

＊二月十一日　午後二時四十八分

「あいつに、償わせてやる。わたしから永遠に娘を奪ったことを、死の間際に、あいつに後悔させてやる。——あなたのお父さんは、その思いを汲《く》んでくれたのよ」

「そんな……児玉さん？　もしもし？　児玉さん、児玉さん？」

純太が呼びかける。

しかし、通話はとうに切れていた。

益弘のスマートフォンから純太が折りかえしても、その後、児玉宏美がコールに応《こた》えることはなかった。

「むちゃくちゃだ。ナイフを持っていった、だって？　仇《かたき》を討つだって？　……馬鹿な。

親父は元警察官なんだぞ。例の犯人がその村にいるとしたって、まさか――。まさか、そんなことするはず……」

　いいや。森司は口から思いを洩《も》らした。

　アウトランダーの車内に、沈黙が落ちる。かまわず森司はつづけた。

　いいや。おれにはわかる。

　きみの親父さんは本気だ。本気で仇を討つつもりでいる。なぜって、能力《ちから》に目覚めたせいだ。

　いまや益弘さんは、公務員の立場で犯罪者を追っていた頃とは違う。

　正義感は同じでも、悲愴《ひそう》さが違う。いまの彼にとって、事件は他人事《ひとごと》じゃない。わがことだ。彼はそうせずにはいられないんだ。

「でも」

　純太の声がふやけた。

　森司の位置から、助手席の純太は見えない。表情はわからない。

　しかし森司には感じとれた。純太がいまにも泣きだしそうなことが、手にとるように理解できた。

　森司は視線を天井へ走らせた。こよみの顔が見えた。

　こよみちゃん。森司はぼんやりと思った。

――こよみちゃん。おれは、きみにも言うことがある。

ずっと内緒にしていてごめん。

じつは誰にも言わず、おれは陰でこつこつ簿記の勉強をつづけていたんだ。試験はまだ先だが、手ごたえを感じている。今度こそ一級に受かる気がしてる。資格があれば、四年生で本格化する就活だって、すこしは結果が違うだろう。気が早いと言われそうだが、おれはきみとの将来を見据えている。いろいろ考えているんだ。すこしでもいいところに就職して、きみのお父さんに認めてもらって、ゆ、ゆくゆくはと思っている。そのためにも――、く、苦しい、苦しい苦しい苦しい。

森司は咳《せ》きこんだ。

ずっと首に絡んでいたあたたかいものが、なぜかぎゅうぎゅうと森司をきつく絞めはじめていた。手を伸ばして、あたたかいものを何度かタップする。ようやく、絞めつけがゆるんだ。

ほぼ同時に、アウトランダーが左にぐんと揺れる。

スピードを上げ、前の車を追い越したようだ。やけに荒っぽい、藍らしくない運転であった。

「藍さん？」

こよみの声が聞こえた。

つられるように、森司もまた「藍さん」と心で呼びかけた。藍さん、どうかしたんですか、藍さん。

森司が知る限り、藍はかなり運転が巧《うま》い。視野が広く、判断が早くて的確だ。飛ばすほうではあるが無謀運転はしないし、無理な追い越しをすることもなかった。いまのいままでは、だ。

「ごめん」

藍が低く言う。

その声もまた、藍らしからぬ声音だった。怯《おび》えに濡《ぬ》れていた。

「ごめん、みんな。──舌嚙《か》まないよう注意して。ごめん」

またもスピードが上がり、車線が変わる。

助手席から、純太が「ひっ」と声を上げるのがわかった。だが藍の運転に対する声ではなかった。森司にはそれがわかった。

純太の怯えは、前方に向いていた。

アウトランダーが走る方向に、前を行く車にだ。

頭上でこよみが息を吞《の》むのがわかった。森司はあたたかいものにもたれたまま、首だけを動かし、フロントガラスの向こうを見た。

アウトランダーは、ふたたび追い越し車線を走っていた。

数メートル先を黒のセダンが走っている。バックドアにはTのエンブレムがある。昼間だが、雪曇りのせいかフォグランプを灯《とも》している。

セダンの後部座席には、子供が二人乗っていた。

どちらも女の子だ。小学生だろう、リヤガラスに張りつくようにして、森司たちを振りかえっている。なにが珍しいのか、目を大きく見ひらいてこちらを凝視している。

藍がまたも車線変更した。

前を行く車が白のSUVに変わる。その途端、ああ、と森司は思った。

——ああ、わかった。

藍さんがなぜ彼女らしからぬ運転をするのか、強引に先行車を追い抜いたのか。ようやくわかった。

——女の子が、いる。

SUVの後部座席にも、二人の女の子がいた。

さっきと同じ子たちだ。リヤガラスにちいさな両掌《りょうてのひら》をべたりと当て、後ろに付いた森司たちをじいっと見ている。まばたきひとつしない。まるきりの無表情だ。

藍が四たびの車線変更をする。だが無駄だった。

前を行くクーペにも、やはり同じ女の子たちが乗っていた。
七、八歳だろうか。見ひらいた目がやけに大きい。変わらぬ瞳《ひとみ》で、森司たち五人を穴があくほど見つめている。
「生きてる子、……じゃ、ないわよね？」

ハンドルを握りながら、藍が言った。

「どうして？　あたしには霊感なんかない。視えるはず、ないのに」

すみません――。森司は心中で謝った。

すみません、それはたぶん、おれと鈴木のせいです。

この車内の空気は濃密すぎる。はからずも彼岸と繫《つな》がったおれたちが、おれたちそのものの余波が、空気に伝播《でんぱ》している。おれたちが視るべきものを、藍さんや落合純太までが視せつけられているんだ。

磐越幼女連続殺人事件、の十文字が森司の脳裏にまたたく。中越で二人、上越で一人、福島で一人、との言葉もよみがえってくる。

四人。そうだ、被害者は四人いた。

――そのうち二人は、向こうに行けた、ということか。

天国や地獄がほんとうにあるのか、森司は知らない。だがこの世ではない〝向こう側〟が存在するらしいとは、おぼろげに察している。

四人のうち二人は、そちらへ行けたらしい。だが残る二人はまだとどまっているのだ。

二十年間、どこへも行けぬままさまよっている。

――落合益弘さんは、それが我慢ならなかった。

彼は知ってしまった。かつての事件。かつての被害者たち。

思いがけず手に入れてしまった力が、彼に思い知らせた。被害者である少女たちの苦しみ、痛み。突然命を奪われたばかりか、いまだ安らげずにいる魂を。

――あなたのお父さんは、その思いを汲んでくれたのよ。

森司はいまや首をもたげ、少女たちと正面から視線を合わせていた。

少女たちはまだ、悪いものではなかった。

死の間際に味わった苦悶《くもん》と、理不尽な暴力への怒りと、親や友達から引き離された悲しみにどっぷりとまみれている。

だがかろうじて、すり切れてはいない。

彼岸と此岸《しがん》の間にあまりにも長くいすぎると、彼らは恨みつらみや怒りだけを残して、存在そのものをすり減らしていく。やがてはただの、どす黒い怨念《おんねん》のかたまりに変わってしまう。

――この子たちは、まだそこまで堕《お》ちていない。

しかし瀬戸際に、境界線にいた。

彼女たちが、森司を見る目つきでそれがわかる。

二十年という月日は長い。どれほど純なものでも、すり切れ、すり減らされるには充分な年月だ。

正直言って、いまのこの瞬間すら心もとなかった。

森司はすでに〝見つかって〟しまった。存在を気取られた。彼女たちが森司を視て、もし笑ったなら。すこしでも彼を〝ほしい〟と思ったなら――。

次の刹那《せつな》、森司は息を呑んだ。

二人の少女とはまた別の波動が、まともにぶつかってきたからだ。それは真っ白い衝撃だった。閃光《せんこう》に似ていた。森司は戸惑い、目をしばたたき、そして気づいた。

――益弘さん。

それは衝撃ではない。落合益弘の思念であり、叫びだった。彼は自分が森司と繋がったと気づき、こう叫んでいた。「来るな」と。

――これ以上は、来るな。

これ以上おれに踏み込むな。同化するな。一線を踏み越えたら、あやういぞ――と、呼びかけていた。

少女たちが薄れていくのを、森司は感じた。

クーペのリヤガラスが遠くなる。

森司たちが乗るアウトランダーを引き離していく。

いや違う。クーペとアウトランダーの距離は変わっていない。二人の少女だけが遠く、薄れていくのだ。益弘が離している。力づくで彼女たちと森司に距離を取らせ、引き剥《は》がしている。

益弘さん、そう森司は怒鳴った。すくなくとも、声を上げようとした。

益弘さん。あなただって安全じゃない。

あやういのは、あなたも同じだ。どうか無茶しないでください。益弘さん――。

だがそれをかき消すように、

「えっ、泉水さん?」

鈴木が叫んだ。

同時に彼がシートの上で、ばね仕掛けのごとく飛びあがる。

鈴木はあたりをきょろきょろ見まわすと、

「あれ？　――え？　どこやここ？　……うわ、あったま痛ぁ……」

顔をしかめ、己の頭を抱えた。

第四章

HAUNTED CAMPUS

1

＊二月十一日　午後三時三十七分

白葉漣がそこを訪れるのは、二十年ぶりだった。

白葉家は敷地内に、四つの土蔵を持っている。

そのうちでももっとも奥まった位置に建つ、全面が海鼠壁《なまこかべ》の蔵が、いわゆる〝開かずの蔵〟であった。

大扉は大人の男が片方ずつ引いて、やっとひらく重さだ。二十年前は右の扉を庭師が、左の扉を叔父の和史が引いた記憶がある。

しかし今日は漣一人であった。しかたなく、まず彼は両手で右の戸を引き開け、次に左を開けた。それだけで息が切れた。

大扉を開けても、すぐに入れるわけではない。次にあらわれた格子戸には、鍵《かぎ》が掛かっている。しかも鍵穴はからくり細工で隠してあった。

――ええと、確かこうだったな。

記憶を掘り起こしながら、漣は格子戸の飾り金具をいじった。

金具は青銅製の大ぶりな菱型《ひしがた》で、真ん中に白葉家の家紋である糸巻紋、両端に左右対称の馬が彫ってある。さらにそのまわりを、小菊、小槌《こづち》、蝶《ちょう》の細工がいろどる。

小槌を選んで押すと、金具が下りて鍵穴があらわれた。

しかしこれはダミーだ。下りた金具のうち、左の馬をさらに二度押す。ダミーの鍵穴がぐっと右へ寄って、新たに出現した穴が、ようやく本物の鍵穴であった。

鍵穴に鍵を差しこみ、まわす。かちりと手ごたえがあった。

格子戸を開けても、まだ土蔵には入れない。中にもう一枚板戸があるのだ。だがこちらは単純な南京錠が二つ下がっているのみだった。順に開けていく。

漣は板戸をひらいた。

途端に、むっとする臭いが鼻を突いた。

獣臭に近かった。手入れの悪い牛舎の臭いだ。漣はハンドタオルで鼻を覆い、簀《す》の子《こ》の手前で靴を脱いだ。

——二十年前のおれは、十四歳だった。

「そろそろ坊ちゃまにも、オウマサマがどんなもんか見せとかんばなんねぇ」

そう叔父が父に進言し、

「そうだな。見せておくだけはな」

と父がうなずいたがゆえの邂逅《かいこう》であった。

あのときも、祭りが近かった。とはいえ年に一度の〝表〟のほうの祭りだ。漣は背にオシラサマをくくりつけられ、カミアソバセの真っ最中だった。

――そうだ。あのときもこんなふうに、土蔵の中は臭かった。

薄暗く、空気がよどんで臭かった。そしてほかの土蔵と同じく静かで、ほんのりとあたたかだった。中は明かり取りの小窓ひとつなく、裸電球がぶら下がっているのみである。

漣は中へ進んでいった。

ふたたびの格子にぶつかる。だが今度は戸ではなかった。木製の檻《おり》だ。身をかがめねば通れぬ低い戸口に、やはり南京錠がぶら下がっている。

木製の檻の向こうには、オウマサマがうずくまっていた。

――変わったな。

漣は眉根《まゆね》を寄せた。

いや、変わって当然か。なにしろ干支《えと》がふたまわりしたのだ。いくらオウマサマとはいえ、変貌《へんぼう》して当然だ。

――不思議なもんだ。少年の頃のほうが、怖く感じなかった。

そういえば叔父も、あのとき言っていた気がする。

「大人になっと鈍くなるみてぇで、おれなんかはもうなにも感じません。だども、坊ちゃまくれぇの歳ならわかるでしょう。中におわすのは、ありがてえありがてえ、神さまのウマですて」

わかる、とそのときの漣は深くうなずいたものだ。

オウマサマは、神そのものではない。だが確かに村の守り神と繫《つな》がっている。それを幼い漣は、ひりひりと皮膚で感じた。

歳月をかけて、オウマサマは檻の中で神に近づいていくのだ。そうして祭りの夜、しかるべきときが来たら、その使命たるお役目を果たす。

――守られている。

幼い漣はそう感じた。オウマサマを通して、彼は神の波動をその身に受けた。

しかし二十年を経たいま、叔父の言葉どおりに漣は〝鈍く〟なったらしい。

あのときの神聖さを、目の前のオウマサマからまるきり感じない。

おれも世俗の垢《あか》にまみれすぎた、というわけか――。そう思うと、一種の寂しさすら感じた。

――だが代わりに、あの頃より知恵は付いた。

子供の頃は、親や叔父に言われるがまま信じた。十代の頃は一転して反発し、「オウマサマだのオシラサマだの、非科学的な」と賢《さか》しらに嘲笑《あざわら》った。

二十代で「まあ親父の顔も立てなきゃな。ママがああまで言うんだし」と折れた。そしてこの歳になって、ようやく有難みの一端がわかりかけている。

――ママにはすねてみせたけど、でも、

おれだってそれほど馬鹿じゃない。世間のやつらはおれをぼんくらだ、総領の甚六だと笑う。確かに出来がよくないのは認めるが、いくらなんでもそこまで抜けちゃあいない。

――こいつは、利用できる。

「おい」

檻の向こうのオウマサマに、漣は呼びかけた。

「おまえ、おれを守ってくれるんだろ？　おれを見ろよ。白葉家の次代の跡取りだぞ。いわば、この村そのものだ」

言いながら、漣は格子に近づいていった。

「おまえは村の守り神の使者だろう。そして今夜は、儀式の夜だ。――わかるな？　神さまに伝えろ。いまがそのときだ。このおれを守るときが来たぞ、と」

頭の片隅で警報が鳴るのがわかった。原始的な本能が知らせてくるサイレンだ。

だが漣は歩みを止めなかった。

「こないだからおれに、くそったれな警察どもが張りついてやがるんだ。おまえらの力で、あいつらを蹴散《けち》らせ。あんなやつらは、おれにもこの村にも必要ない。いいか。今夜じゅうに蹴散らすんだ。神に、そう必ず伝えろ」

サイレンはつづいている。檻に近づきすぎだ、と本能が警告している。

なのに、なぜか足を止めることができなかった。漣はしゃべりながら、なおも歩きつづけ、そして――。

格子の中から伸びた手が、ぐっと漣の手首を摑《つか》んだ。

2

＊二月十一日　午後三時十五分

泉水と麟太郎は白葉家の離れに戻った。

とにかく空腹だった。三時間前にたっぷり昼食をとったとは思えぬほど、二人とも胃がからっぽになっていた。

急いで梨世は心組を世津子に預け、母屋の台所へ走ってくれた。

「今日はほとんどの食材が、お祭りの支度にまわってしまうんです。こんなものしか出せなくてすみません」

「いやそんな。充分です、ありがとうございます」

母屋から運ばれた膳《ぜん》に、麟太郎は箸《はし》をつけながら頭を下げた。

膳には湯気を立てる煮こごり飯、煮卵、常備菜らしいきんぴら蓮根《れんこん》、花麩《はなふ》の吸い物が並んでいた。座卓の横には、炊飯器がまるごと置いてある。

「なめたがれいの活《い》きのいいのが入りまして。濃いめに煮付けたんです」

コラーゲンの多い肉厚のかれいを煮付けた汁は、翌朝には澄んだゼリー状に固まる。これをすくって熱々の白飯にかけ、少量のおろし生姜《しょうが》をのせ、溶けきらぬうちに飯と一緒にかきこむのだ。魚の滋味と旨味《うまみ》を吸った甘辛い煮こごりが舌でとろけ、じゅわっと口いっぱいに広がる。

煮卵は「市販の浅漬けの素《もと》に、半熟卵を二昼夜漬けただけ」らしい。しかし黄身の中心まで味が染みていた。箸で割ると、わずかに黄身がとろりと崩れる。この卵ときんぴらで、二杯目の飯があっさり胃の中へ消えた。

鱗太郎が箸を置いて、「ふーっ」と腹をさする。

炊飯器から四杯目の飯を盛る泉水を横目に、

「ぼく、ごはんのおかわりなんて滅多にしないのにな。この村にいると、ほんっとお腹がすきますよ。神事が終わるまでの一時的な現象だろうけど」

と彼は言った。

「心紹も、今日はいつもの倍食べます」

梨世が微笑んだ。

「子供はアソバセの役目がありますからね。エネルギーを使うんでしょう」

「そっか。役目があるなしで違うんだな。ところで」

鱗太郎は手をかるく叩《たた》いた。

「梨世さんにごはんを用意してもらってる間、泉水ちゃんからさっきの件について教えてもらいましたよ。鳥居のところにいた、刑事っぽい男性を覚えてます？」

「ええ」

梨世はうなずいた。

「あの人、確かにどこかで見た覚えがあります。でも館束署《うち》の署員じゃありませんね。捜査員じゃなく、逆に前科持ち《ベントウ》のほうかも」

と眉《まゆ》をひそめた梨世に、

「いえいえ」

麟太郎は苦笑した。

「正体がわかりましたよ。あの人、県警刑事部は強行犯係の係長さんだそうです。と言っても定年退職済みで、肩書にはすべて〝元〟が付きますがね」

「県警の……。じゃあ、うっすらしかわからないのも道理です。わたしなんかが近づける相手じゃありませんもの」

ひとまず納得してから、

「でも、どうして素性がわかったんです？」

と梨世がもっともな質問を寄越した。

泉水は麟太郎と目を見交わしてから、左手の飯茶碗《めしぢゃわん》を置いた。

「……こんな話をいきなりしても、信じる人はすくないと思いますが」

畳の上で姿勢を正す。

「しかし、あなたたち白葉家のかたは違うでしょう。三十三年ぶりの神事をひかえ、氏神を信じるあなたには、理解してもらえると信じて話します」

そうして泉水は話した。

大学のサークルの後輩と〝繋がった〟こと。間に落合益弘という存在があること。サイコメトリーのこと。二十年前の『磐越幼女連続殺人事件』をふたたび益弘が追いはじめたらしいこと。彼の息子の純太がオカ研を訪れたこと。そのすべてが一瞬にして、サークルの後輩を通して泉水に伝わったこと、等々を。

話すべきだ、とはすでに麟太郎から言い含められていた。

梨世さんから、白葉漣の情報を引きだしたい。そのためにも、まずはこちらの情報を開示して誠意を見せたほうがいい――と。

梨世は呆然《ぼうぜん》と聞いていた。途中で口を挟むことすらしなかった。

おおよそを語り終え、泉水はふっと息をついた。

「にわかには信じがたいと思います。ですが、嘘はありません」

数秒、静寂があった。

やがて梨世が低くつぶやくように、

「……サイコメトリー、ですか」

ぽつんと言った。

「要するに、物にも記憶がある、ということですか？　触れたらそれを読むことができる能力が、この世にあるとおっしゃる？」

「物に記憶があるというか、物に持ち主の思念が染みこむ感じですかね」

　麟太郎が答えた。

「よっぽど強い能力者でない限り、相性にも左右されます。今回泉水ちゃんが後輩と一瞬でシンクロできたのは、お互い気ごころが知れた相手だったからでしょう。でも落合益弘さんというかたは、どうやらその〝よっぽど〟の域に達しているようだ。ナイフを持ちだしたことといい、能力の暴走が危ぶまれます」

「それで……」

　梨世の喉《のど》がごくりと動いた。

「それで、そのお話を聞いて、わたしはどうすればいいんです？」

「協力していただきたい」

　麟太郎は座りなおし、梨世に正面から対峙《たいじ》した。

「梨世さん。ぼくの実父は、あなたのお祖父《じい》さんと同じだ。ぼくの両親は、ぼくが赤ん坊のとき離婚した。──そしてぼくは七つのとき、実父に誘拐されました」

　梨世が息を呑《の》むのがわかった。

「ぼくはその期間の記憶を失くし、いまだに取りもどせずにいます。催眠療法だのなんだのと、いろいろ試してみたが無駄でした。恥ずかしながらこの歳になっても、ぼくは抑圧されたままらしい」

鱗太郎が眼鏡を指で押しあげる。

「このトラウマと戦うのは、ぼくの人生をかけた、いわばライフワークでしてね。そういう意味もあって、ぼくはさらわれた女の子たちを見過ごすわけにいかないんです。その子たちは、過去のぼく自身でもありますから」

梨世は答えない。だがその口から、反駁《はんばく》の声が上がる様子はなかった。

その気配を読んで鱗太郎が言う。

「白葉漣さんについて、もっとくわしく知りたいんです」

ちらりと雪見障子の向こうへ目を走らせる。母屋から誰も出てこないのを確認してから、言葉を継ぐ。

「あなたはさきほど、漣さんの実娘誘拐《じつじょうゆうかい》の容疑について『疑われてもしかたがない』と言われた。『漣さまはおもちゃをちっとも大事にしないくせに、よその子にあげるくらいなら叩き壊してしまう人だ』とも言った。教えてください。彼は妻子に対し、残酷な人でしたか？」

「……先にも、言ったとおりです」

梨世は青い顔でかぶりを振った。

「わたしと漣さまの結婚期間は、ほぼ重なっていました。福江さまによそもの扱いされていたこともあって、わたしはその間の本家の事情を、よく知らないんです」

「では、ご存じなことだけでいいです」

麟太郎が追いすがる。

「ぼくは鈴木くんが——サークルの後輩が、サービスエリアの風景とともに幻視した女性が気になっている。正確に言えば、女性の娘さんのことがです。かの母子《おやこ》と益弘さんが、サービスエリアでニアミスしたのは八日。一方、漣さんの娘さんである椿紀ちゃんは二日から行方不明。どう考えても同一人物ではあり得ない。しかしいくつかの相似は見てとれる。もしかしたら、同じ犯人に拉致《らち》されたのかもしれません」

「では、黒沼さまは」

梨世が目を見ひらいた。

「ほんとうに、『磐越幼女連続殺人事件』が——。その犯人が、二十年ぶりに動きだしたとお考えなんですか。漣さまがさらったのではなく?」

「わかりません」

麟太郎は慎重に言った。

「わからないからこそ、考えたい。ともあれ益弘さんが、児玉宏美さんの保護した少女に触れたことで、『磐越幼女連続殺人事件』の逃亡犯をふたたび追いはじめたのは確かなんです。そして、この村に行き着いたことも」

「そのかたが、村に——」

「漣さんは、なぜ元奥さんと離婚したんです?」

麟太郎は問うた。

「世津子さんや、村の人からのまた聞きでかまいません。離婚までのいきさつを、あなたはどう聞いておいでです?」

「……離婚の決定打は、よく知らないんですが」

ためらいがちに梨世は口をひらいた。

「でもいろいろあったようです。漣さまの浮気とか、福江さまの嫁いびりとか、ご本家さまからのセクハラだとか」

「ご本家さまとは宗一さん、つまり元奥さんから見た舅《しゅうと》ですね?」

「そうです」

梨世はうなずいて、

「元奥さまが娘さんを連れて別居した当時は、福江さまは『追いだしてやった』と、むしろ誇らしげだったそうです。でも元奥さまがいざ離婚を言いだしたら、一転して宗一さまと一緒に引きとめにかかりました。『世間体が悪い。許さない』と言い張り、元奥さまの意志が固いと見るや、次は椿紀ちゃんの親権をめぐって調停で争ったそうです」

「親権は、漣さんがほしがったんですか?」

梨世の口がほぐれつつあった。

「いえ、ご本家さまご夫妻です。漣さま本人は、ママに似てな――いえ」

彼女は慌てて、

「自分の母親に、つまり福江さまに似ていない娘だからいらない、と主張していたようの元妻と、サービスエリアの女性が受けた仕打ちはほぼ同じと言っていい。
一致している。セクハラ舅に、嫁いびりのきつい姑《しゅうとめ》。マザコンかつ浮気性の夫。漣
泉水は麟太郎と顔を見合わせた。
です」と言いなおした。

――同一人物なのか？　条件が似ているだけの他人か？

だとしたら、おかしな話だ。『磐越幼女連続殺人事件』の犯人はターゲットの少女より、母親のほうに統一性を見出《みいだ》しているとでもいうのか？

「でも半年ほど前から、漣さまは意見を変えたようです」

梨世の言葉に、

「変えた、とは？」

麟太郎は問いかえした。

「逃げた妻子が、なんというか、惜しくなったみたいです。思ったほど、すんなり再婚できなかったせいもあるでしょう。いくら白葉家が良家といっても、限度がありますものね。いまどきマザコンの噂や離婚歴がある家に、初婚の娘を嫁がせたがる親は滅多にいません」

「そりゃそうだ。当の娘さんたちだって反発するでしょうしね」

麟太郎は首肯して、

「で、〝妻子が惜しくなった〟漣さんはどうしたんです？」

「離婚の無効を言い立てました。元奥さまが調停に提出したセクハラや嫁いびり、浮気などの証拠はすべてでっちあげだったと、弁護士を通して主張したんです。でもうまくいかなかったようで、次の手として面会交流権を主張しました」

「ああなるほど。離れていても、親子には会う権利がありますからね」

いったん納得してから、麟太郎は首をかしげた。

「あれ？　でもそれって、子供側の権利じゃなかったっけ。面会交流権は、子供の意思と利益が最優先だったような」

「民法上はそうなっています。でも実際は、そううまくいかないようで……」

梨世は眉《まゆ》を曇らせた。

「養育費の支払いを盾に、会わせる会わせないの駆け引きをすることも、本来は禁じられています。けれど現実には、脅されたら屈してしまう人が断然多いんです。とくに過去にＤＶやモラハラを受けてきたかたはそうですね。ふたたび傷つけられるのが怖くて、つい譲歩してしまう」

彼女はこめかみを指で押さえた。

「前も言いましたが、わたしは警察官だったときに、そんな事例を何度となく見てきました。刑事課の総務は、法令の解釈運用や統計も扱いますから。ええ、明けても暮れても、そんな事件ばっかり……。似たような事件ばかりです。元配偶者へのストーカー、恐喝、傷害、子供の連れ去り――。全国津々浦々で起こっています。年間件数となれば、数えきれません」

疲れたようにかぶりを振る梨世に、麟太郎は尋ねた。

「漣さんの元奥さんの旧姓は、ご存じありませんか？」

「知りません。漣さまの元奥さまについては、おとなしくてきれいな人、くらいの印象しかないんです。親しくできる間柄でもなかったし」

「どのみち、サービスエリアの女性と同一人物ではあり得ん」

泉水は麟太郎に向かって言った。

「おまえも言ったとおり、サービスエリアの幻視は八日のものだ。白葉家の跡取りの娘は母親ごと二日から失踪《しっそう》している。むしろ問題は、今日が十一日だってことだ。失踪してから約十日――。子供の誘拐事件において、これはかなりの日数だ。大人は十日の間おとなしくしていられても、子供はそうじゃねえぞ」

「わかってる」

麟太郎がさえぎった。

「わかってるよ。統計では、誘拐された子供のほとんどが二十四時間以内に殺される。四十八時間を超えればほぼ絶望的だ。でもなにもしないでいるなんて、ぼくにはできない。時間を理由に、諦《あきら》めるなんてできないんだ」

「だな」

泉水はうなずいた。

「勘違いするな。べつに止めてるわけじゃねえ。――好きに動け。どのみちおれは、おまえに付き合うだけだ」

そう言って、泉水は吸い物の残りをぐいと飲んだ。

3

＊二月四日　午後三時五十六分

少女は森を逃げていた。

走りたい。走って逃げたい。でも膝《ひざ》の高さまで積もった雪のせいで、それはかなわない。コートをまとった体が重い。息が切れる。苦しい。

――あれは、鬼だ。

よく見知った人の顔によく似ている。でも、鬼だ。だから摑《つか》まっちゃいけない。もし摑まったら、きっと。

――殺される。

行く手をはばむ雪が恨めしかった。足を前に出しても出しても進めない。こんなに寒いのに、全身汗びっしょりだ

だが利点もあった。体がちいさいぶん、子供のほうが小まわりがきく。この雪深い道

にはまりこんだ大人は、そう容易に方向転換できない。

少女はコートを脱ぎ捨てた。

白一色の中、このコートの色では目立ってしまう。コートの下は白いセーターだった。さいわいニット帽も白だ。できるだけ深くかぶりなおした。

――お母さん。

胸中で少女は母を呼んだ。

涙がこみあげ、目の奥が熱くなった。じわりと視界が潤む。

――お母さんに会いたい。お母さん。

しかし、それも一瞬だった。少女は拳《こぶし》でぐいと涙をぬぐった。いまは泣いている場合じゃない。それがわからないほど子供じゃない。

肩越しに振りかえった。鬼はまだ雪に足を取られているようだ。追いつかれるまでに、あと一分は余裕がありそうだ。

――いまのうち、木をのぼろう。

少女は決心した。服も帽子も白い。雪をかぶった木の上にいれば、きっと見えない。さいわいまわりは常緑樹ばかりだった。枝と雪に隠れて、鬼が諦めて帰るまで待とう。大丈夫だ。木登りなら得意だ。

少女は両手を上げ、頭上の枝に飛びついた。

4

＊二月十一日　午後三時十九分

アウトランダーは北陸自動車道をいったん降り、パーキングエリアに停まった。

森司はといえば、いまだ後部座席であたたかいものに包まれている。そのやわらかさと心地よさに、彼はぼんやりと浸っていた。

すぐ横では鈴木がしゃべりつづけている。

さきほど「泉水さん？」と叫んで飛び起きた彼は、それまでの昏睡《こんすい》ぶりが嘘のようによくしゃべった。

こんなに舌がまわる鈴木は珍しい、と半覚醒《はんかくせい》のまま森司は思った。意識は霧に包まれているのに、鈴木の声がやけによく聞こえる。

「――泉水さんと、繋《つな》がったんです」

その台詞《せりふ》を、鈴木は何度も繰りかえしていた。よほど興奮しているらしい。

「泉水さんは、部長と一緒でした。例の白良馬村の神社におったんです。ほいで泉水さんが鳥居に触ったら、その瞬間、Ｗｉ－Ｆｉが繋がるみたいにおれと」

「益弘さんを通して、ってこと？」

藍が問う。

「くわしくはわかりません。でもおれと益弘さんは相性がようないんで、そこをすっ飛ばして泉水さんと繋がったんでしょう。……というか、いまも繋がってます」

鈴木は額を手で覆った。

「けど泉水さんがセーブしてくれてるんで、頭痛はそないにキツうないです。このあたりがずきずきする程度ですわ。おれ、どのくらい寝てました？」

「鈴木くんが気絶したのは、午後一時半過ぎです」

こよみが答えた。

「起きたのが三時ですから、一時間半ほど意識がなかったことになります。最初のうち鈴木くんは〝視えるもの〟について、わたしたちに説明してくれていました。八日に澤北さんという女性が娘さんを捜していて、サービスエリアで益弘さんとニアミスした、という話です。それを十二、三分語ったあと、しばらく昏々《こんこん》と静かに眠りました。そして飛び起きたのが、つい二十分ほど前です」

「マジですか。……おれの体感では、トータルで十分弱ですわ。落合くんの親父さんを見かけた直後に、泉水さんと繋がった、とばかり思うてました。時間の感覚、狂うんやな……」

鈴木はかぶりを振ってから、森司を指した。

「八神さんは、ずっとこうですか？」

「きみが倒れたすこしあとからこうよ」と藍。

「この子は落合くんの肩を摑んだ瞬間、卒倒したの。その後はうわごとで『頭が痛い』って苦しがってたけど、こよみちゃんに……れたら、おさまっ……、れからずっと……──なの」

なんだろう。森司はいぶかった。なぜか一部、音声が乱れたような。

さっきからおれを包む、このあたたかいものと関係ある気がしないでもない。だがきっと錯覚だろう。

「八神さんはきっと、ダイレクトに親父さんと繫がったんでしょうな」

鈴木の声がする。こちらは明瞭《めいりょう》に聞こえた。

「親父さんはサイコメトリーの大もとやから。一気にどっと押し寄せたんやと思います。頭が割れそうになって当然ですわ。せやけど灘さんが……って盾に……るんなら──よかった」

また一部が乱れた。

こよみちゃんが盾に？　森司は眉根《まゆね》を寄せた。

待て。なんでおれがこよみちゃんを盾にするんだ。そりゃあおれは頼りなくもだらしない、しょうもない男だ。しかし好きな子を盾にするほど落ちぶれてはいないぞ。

おれが彼女をどれだけ好きかと言えば、そりゃもう筆舌に尽くしがたく、何日何時間を費やしても語りきれないほど──。首に巻きついたものが、またぎゅうっと締まる。

森司は慌ててタップした。首の締めつけがゆるみ、ほっとする。

「よし。こよみちゃんが八神くんを絞め殺す前に、話をまとめましょう」

森司には意味不明な言葉を吐き、藍が鈴木を見やった。

「部長たちはいま、どうしてるの？」

「神社を離れたようです。二人とも『えらい腹が減る』言うてますわ。そう言われてみれば、おれも同じです。サイコメトリーはエネルギーを使うんでしょう。おまけに二人は村にいるわけですから、そういう意味でも〝吸い取られる〟んちゃいますかね」

「例の儀式に向けて、ってこと？」

「そうやと思います。それと、もう一人行方不明の子供がいるようです」

鈴木は車内を見まわした。

「部長を招待した白葉家の跡取り息子が、離婚されて娘の親権を取られましてね。その娘が、母親ともども二日から消息を絶っているんです。跡取り息子がなにかしたんちゃうかと、警察が捜査に乗りだしてます」

「二日から……」

藍が繰りかえして、

「ねえ。確か例の山形の母子《おやこ》も、二日から失踪《しっそう》してなかったっけ？」と問う。

「そうです。二日からでした」

森司の頭上でこよみが声を上げた。

「じゃあそれが白葉家の跡取り息子の妻子――いえ、元妻と子供なんじゃない？　奥さんの実家が山形にあって、離婚後に戻ったんなら辻褄《つじつま》は合うわ」

「だとしたら児玉宏美さんが保護したのは、白葉家の娘さんだったんでしょうか」

「確証はないけど、可能性は濃いわね」

「ほしたら、その子をさらったのが『磐越幼女連続殺人事件』の犯人ですか」

鈴木が首をかしげた。

「そういうことになりますよね？　児玉さん家《ち》にいた少女に、落合くんの親父さんが触れたことからすべては動き出した。少女の服かなにかに、烏丸理市の情報が染みついとったからや。親父さんはそれを読んだ。ということは、白葉家の跡取り息子は無実やねんな」

「じゃあサービスエリアにいた女性はどう関係するの？」

藍が考えこむ。

「彼女のケースは、烏丸みたいな見ず知らずの男が誘拐したとは考えづらいわ。十中八九、元夫が連れ去ったシチュエーションでしょ」

「烏丸理市が、父親ごと娘を誘拐したとか？」

鈴木が言った。

「まさか」藍が言下に却下する。

「ペドフィリアが父親ごとさらうなんて、そんな事例聞いたことないわ。よしんば娘の喉《のど》に刃物を当てて脅したとしても、父親をさらうメリットがない」

「身代金目当てではどうです？　烏丸理市は二十年も逃げとるんでしょう。逃走資金が尽きてもおかしないですよ」

「待った。もういっぺん最初から考えてみましょう」

　藍が手で制した。

「白葉家跡取りの娘が二日にさらわれ、八日にはサービスエリアで澤北さんの娘がさらわれた。犯人はどちらも逃亡犯の烏丸理市だと仮定すると……烏丸は前者の元奥さんと、後者の元旦那《だんな》さんまでまとめて誘拐した？　あり得ないわよね、そんなの」

「考えたないですが、二ケースとも親を殺して娘をさらった、とか――いや、あかんな。死体なんて見つかってへんねや。二十年間逃げつづけとる烏丸に、死体を隠す余裕だの、遺棄場所の当てがあるかどうか」

　こよみが眉間《みけん》に皺《しわ》を刻んで、

「烏丸は手慣れた連続殺人者です。よほどターゲットに思い入れがない限り、保護者に手を出すようなリスクは負わないでしょう。親が目を離した隙に、一人になった子供を狙うのが自然です」

　と言った。

「鈴木くんは泉水さんを通して、村をひととおり視たんですね？」

「はい。ざっとですが」

「警察官は二人いたんですよね。県警の捜査員でしたか？」

「一人は館束署を名乗りましたが、もう一人は不明です。……なんや気になること、あります？」

「捜査本部は設置されたのかな、と思って。となれば県警の捜査員と、地元の所轄署員が組んで動くはずです」

「捜査本部って、事件性があると警察が睨《にら》んだときに設置されるのよね？」

藍が問う。こよみはうなずいて、

「そのはずです。子供が単独で行方不明になったとき、捜査本部および特捜本部が立つのは珍しくありません。でも保護者同伴の失踪で捜査本部が設置されるのは、かなりの大ごとだと思います」

こよみはいま一度、鈴木に尋ねた。

「白良馬村に、烏丸理市らしき住人はいませんでしたか」

「え」

一瞬鈴木は目をしばたたいたが、

「ああ、素性を隠して住みついてるってことか。いや、すんません。そこまではわかりませんでした」

と答えた。「泉水さんも、とくに疑ってなかったようです」と付けくわえる。

「そりゃ泉水ちゃんは、鈴木くんと〝交信〟するまで烏丸のことなんか知らなかったもん。気を付けてなくて当然よ」

藍がふたたび考えこんだ。

「えっと、世津子さんだっけ？　その人の母親は三十年以上前に、親戚《しんせき》を頼ってよそから白良馬村に住みついたのよね？　じゃあ烏丸だって、同じことができていいわけだ。もし白良馬村に彼の親戚がいたんなら、かくまってもらえる可能性はあったわね」

「せやけど、指名手配犯ですよ？」

鈴木が口を挟む。

「テレビやネットがない時代ならまだしも、いくら親戚がかばったところで、まわりの誰かが気づくでしょう。二十年前やったら、えーと、Windows 2000が出た頃ですか？」

「でも村の有力者に〝他人の空似〟と言いくるめられて、黙っちゃったかもよ？　実際、都会も田舎も区別なく、情報は行きわたっとったでしょ」

「似た人って世の中にけっこういるもの。烏丸はそう特徴ある顔じゃなかったし、頬のほくろをレーザー手術で取ればごまかせたかも」

「まあサービスエリアに溶けこんどって、子供をさらえるくらいですから、烏丸は小ぎれいな恰好《かっこう》やったんかな。それなりの身なりができたいうことは、やっぱどこかに定住しとった確率が高いですかね。落合くんの親父さんかて――」

そのときだった。

「――親父、が」

黙りこんでいた純太が、唐突に口をひらいた。

「すみません。おれにはやっぱり、父が理解できない。いったい親父は、どういうつもりなんだ。――ナイフを持ちだしただの、仇討《かたきう》ちだの、なにを馬鹿なことを……。親父は、警察官だったんですよ。刑事部の係長だったんだ。……それがなにを、とち狂って……。信じられない」

ぎりっと音がするほど、純太は歯嚙《はが》みした。

「あり得ませんよ。親父は確かに、『磐越幼女連続殺人事件』をずっと気にかけていた。犯人を逮捕できなかったことを、悔やんでいた。……追うまでは、わかります。でもまさか、人殺しになる気かよ……」

語尾が震えた。涙声になりかけていた。

車内に沈黙が落ちる。

気まずい沈黙だった。

――落合くん。

森司は思った。

思ったのか声になって洩《も》れたのかは、やはり判然としない。

だがとにかく、思うがままに語り掛けた。

――落合くん。何度も言うが、おれは、益弘さんと繫《つな》がった。そしていまも繫がっている。だから、わかる。

益弘さんは——ただ、許せなかったんだ。

サイコメトリストは記憶を視るだけじゃない。追体験する。相手の喜怒哀楽や、衝撃、苦しみ、ときには痛覚まで共有する。

児玉宏美が保護した少女に、益弘さんは触れた。少女の大腿骨《だいたいこつ》を洞で見つけた。益弘さんは共有したんだ。

さらわれた少女がどんなに怖かったか、心細かったか。殺された少女がどれほど痛かったかを。苦しくて、恐ろしくて、死の間際まで母の名を呼び、助けを求めてどれほどもがいたかを。

そのすべてを、彼は〝わがこと〟として感じた。体験した。

泉水さんが鈴木に対してセーブしているように、益弘さんもおれと繋がっていると知りつつ、セーブしてくれている。少女たちの苦悶《くもん》を、おれがダイレクトに受けずに済んだのは、そのおかげだ。きみのお父さんはやさしい人だ。

——でもきっと、おれだって許せなかった。

おれが益弘さんの立場なら。殺された少女たちの痛みと恐怖を、われとわが身で受けとめてしまったなら。

犯人を許せない。許すわけにはいかないと思って、当然だ。

益弘さんがなにをする気かは、まだわからない。益弘さんは意図的に、おれにそこを伏せている。明かすまいとしている。

おれだって益弘さんを止めたいのは一緒だ。でもこの道を選んだ親父さんを、どうか愚かだと思わないでほしい。

だって彼は視たんだ。

視た者にしか、はかり知れない世界がそこにはあるんだ――。

車内はやはり静まりかえっていた。

だがさきほどとは、どこか違っていた。空気が変わった、と森司は察した。しかしその理由は、いまの彼にはよくわからなかった。

純太がちいさく洟《はな》を啜《すす》るのが聞こえた。

5

＊二月十一日　午後三時三十四分

泉水は梨世を手伝って、膳《ぜん》と炊飯器を母屋に運び終えてから離れに戻った。

戻ってすぐ「どうする？」と鱗太郎に尋ねるつもりだった。どうする、落合益弘を捜すか？　それとも烏丸理市を優先するか？　と。

しかし鱗太郎は座卓の前で腕組みし、考えこんでいた。

座卓には桑の棒が一本ぽつんと置かれている。ただの棒ではなく、オシラサマの形代の作りかけらしい。

鱗太郎は泉水のほうを見ず、

「女、馬、蚕。……オシラサマって、まるで三題噺《さんだいばなし》だね」

ぽつんと言った。

「前も言ったけど、神話において蚕の誕生は二パターンある。『娘が馬と結婚して蚕が生まれる』パターン、もうひとつは『スサノヲが豊穣《ほうじょう》の女神を殺し、蚕が生まれる』パターンだ。後者は月神との混同はあれど、女神を問答無用で斬り殺してしまうエピソードは破壊神スサノヲの性格にこそふさわしい。……つまり女が異類と契るか、女が殺されることで、人びとに養蚕という富がもたらされる」

「おまえはこうも言ってたぞ。『蚕が女性たちに仕事と富をもたらした』と」

泉水は襖《ふすま》を閉め、従兄《いとこ》の向かいであぐらをかいた。

「『女を癒《いや》す神さま』だとも言っていた」

「うん」

鱗太郎はうなずいて、

「東北ではオシラサマの祭日を、旧暦の一、三、九月の十六日におこなう地方が多い。一月十六日といえば俗に言う藪入《やぶい》り、つまり奉公人や嫁にとっての休日だ。オシラサマの祭日には、女性たちは仕事より神事を優先できた。寄り集まり、お茶を飲みながら話し、子供たちにアソバセることができた。民俗学者の中には『オシラサマとは、家事に育児に雑事に農耕にと、働きづめの女たちが休むための口実だったのではないか』と唱える者もいるくらいだ」

「なにが言いたい？」

「うーん。じつを言うとぼくは、いろいろ疑ってたんだよね」

麟太郎は額を掻《か》いた。

「この村の氏神はオシラサマやスサノヲの名を借りてるだけで、全然べつのもの――神ですらないなにかなんじゃないか、と。百々畝さん家《ち》みたいにお取り扱い注意系の、危ないものを飼ってるんだろうと思ってたわけ。

そんでその陰には村の女性たちの結託があるんじゃないか、なんてとこまで邪推してたんだ。暴力によって子供を奪われる女性。口減らし、あるいは多産DVを強いられる女性。並みはずれたかたちで――たとえば、蚕のような姿で生まれ落ちてしまった子供。昔の寒村では、女子供は必ずしも庇護《ひご》される存在ではなかった。彼女たちが己を守るために〝よからぬもの〟を呼び寄せ、それとこっそり契りながら、『東北一帯、どこでも祀《まつ》っているオシラサマだ』と男たちを言いくるめ、富と引き換えに長い間飼いつづけていたんじゃないか、なんて」

「だが、どうやらはずれだった？」

「そのようだね」

麟太郎はうなずき、

「知ってる？　スサノヲって木の神さまでもあるんだよ」

と話を変えた。

「『日本書紀』一書第五で、スサノヲは『木がないと子が困るだろう』と言い、己の体毛を抜いて木に変える。そして息子の五十猛命《イソノタケルノミコト》、娘の大屋津姫命《オオヤツヒメノミコト》、柧津姫命《ツマツヒメノミコト》に命じて全国に植えさせたという」

「ついこないだも、おまえに聖木伝説がどうのこうのと講釈を垂れられた気がする」

泉水は半眼で言った。

「おかげで聖木のありがたみと、重要度についてはよくわかった。で、言いたいことはなんなんだ？」

「んー。なんというか、ことはもっとシンプルなのかな、と」

麟太郎は桑の棒を手に取り、

「ここの氏神って、意外にちゃんと神さまなんじゃないか、と思うわけ」

と声を落とした。

「ちゃんとってなんだ」

「つまりね、ぼくが思ってたような俗っぽい事情じゃなく、瓜子姫の村で見たものとも違う。この村の氏神はごく正当な神——村を守り、蚕を生み、富をもたらす聖木の神さまな気がしてきたんだ」

「正当な……？」

「うん。ここの氏神さまは本物のオシラサマであり、かつ本物のスサノヲなんじゃないかと思う」

麟太郎は考え考え、つづけた。

「前からぼくは、こういう仮説を立ててたんだよね。〝オシラサマ〟というのは、ある種の神がみの総称なんじゃないかと。だって、オシラサマには役目がありすぎる。目の神。子供の神。女の神。狩猟の神。農耕の神。蚕の神。天災を予知するし、吉凶占いもやるし、はたまた火事から家を守ったり、ときには祟《たた》り神だったりする。万能すぎて、めちゃくちゃだよね。共通点といえば〝市井の暮らしと密着している〟ってことくらいだ」

「ひとつの神を指す呼称じゃねえ、ってことか」

「うん。でもほかに呼びようがないから、まとめてオシラサマと呼ばれている。もしくは神がみ自身が、それ以外の名で呼ばれることを好まない」

「役目の多さはスサノヲも同じだな。本来なら月神が背負うだろう役割まで、スサノヲが担っている。だから天界では太陽神を隠れさせるほどの乱暴者、天下《あまくだ》ってからは英雄と、神話の局面によってまるで別人になる」

「そのとおり。スサノヲもまた、オシラサマと同じく神がみの総称かもしれない。そう考えたほうがしっくりくるほど、スサノヲは多面性の強い神だ」

麟太郎は顎《あご》を擦《こす》って、

「天界でのスサノヲの暴れぶりを、神話学者のＷ・Ｇ・アストンは『暗黒の王子』『日本神話中の犯罪者の巨頭』とまで呼んだ。しかし出雲へ降り立ってからのスサノヲは怪物退治の英雄だし、和歌を詠んで急に知的な面を見せたりする。二面性があり変革をもたらす者として、スサノヲはトリックスター的要素を背負っているとも言える」

と言った。

「スサノヲはヒンドゥー教のシヴァ神、つまり破壊の神にあたる。彼らは世界の常識、因習を破壊するためにあらわれるトリックスターだ。女性たちに仕事を与えて富をもたらした養蚕なんて、代表的じゃないか。女性の地位を上げることは、すなわち因習の破壊にほかならない。トリックスターの面目躍如だね」

麟太郎は桑の棒を座卓に戻した。

「だからね、思うにこの村の氏神はオシラサマと呼ばれてきたなにかであり、同時にスサノヲと呼ばれてきたなにかでもあるんじゃないかな。古来、神の名をみだりに呼んではいけないとされてきた。ふさわしくない名で呼ばれることも、下手に定義されることも神がみは好まないんだろうさ。だからその昔、村の氏神は〃スサノヲを祀れ〃とだけ言い残して、花嫁とともに去った」

「ということは、神がまともなら」

「そう。厄介なのは人間だけだ」

得たりとばかりに、麟太郎が首肯した。

「黒沼家《うち》が絡んでるから裏を勘ぐっちゃったけど、とくに悪い神さまじゃあなさそう。まあ神事のほうは、いまいち大っぴらにできないたぐいのアレっぽいけどね。単に黒沼家は、儀式のノウハウを教えただけな気がしてきた。悪い癖だね。自分の実家を、つい悪の秘密結社とかショッカーみたいに考えてしまう」

言葉の後半を泉水は無視して、

「で、おれたちはどう動く？」

と訊《き》いた。

「まずは落合益弘さんを捜そう」

麟太郎が即答する。

「益弘さんを見つければ、おのずと烏丸理市も見つかる。さらわれた少女たちの行方だってわかる。いま行方不明中の少女が、何人かはまださだかじゃない。でもそれも、烏丸理市が知っているはずだ」

「県警が発信する情報によれば、やつはいま四十八歳だな」

泉水は眉根《まゆね》を寄せた。

「五十前後といやあ、現在の日本でもっとも人口が多い層だ。富裕なおかげか、この村は年寄りばかりの過疎地じゃねえしな。仮にやつが村人になりすましているなら、見きわめに骨が折れるぞ」

泉水の脳裏に、ふと白葉和史の顔が浮かんだ。

歳の頃は一致している。白葉家の次男坊という身分からして、子供たちに近づきやすい立場でもあるだろう。

　——彼から悪い〝気〟は感じなかったが、しかし……。

「ぼくらはすでに、神事の一部だ」

　泉水の思考をさえぎるように、麟太郎は言った。

「まったく霊感のないぼくでも、この村にいると多少は伝わってくるものがある。スサノヲサマとオシラサマは、とどこおりない神事をお望みのようだ。いまのぼくらは黒沼家代表のゲストであり、神の手足でもある」

「神事のためにも、先に益弘さんを捜し当てたいのはやまやまだがな」

　泉水は顔をしかめた。

「彼は、意図的におれを遠ざけている。自分の計画に他人を巻きこみたくないんだろう。うまく煙幕を張って、居場所をわかりづらくしている。……まずったな、先に鈴木と〝繋《つな》がる〟んじゃなかった」

　がりがりと頭を掻《か》く。

「おれより八神のほうが、益弘さんにずっと近い。おれは益弘さんより先に、鈴木と繋がっちまったぶん不利だ。やみくもに動くより、ここは八神の到着を待つべきか……」

「まあ落ちついて」

　麟太郎が泉水をなだめた。

「泉水ちゃん、八神くんたちは何時ごろ着きそう？」

「共有する時間の感覚に、多少の狂いがある。だが四時過ぎには着くだろう」

「そっか」

麟太郎が首を縦にしたとき、部屋にバッハの小フーガが響いた。

スマートフォンの着信音だ。菱山久裕用に鳴り分け設定した音であった。

「おい」泉水は言った。

「まさかこいつも、今回のファクターのひとつじゃねえよな？」

「それはない」

麟太郎はあっさり否定した。

「黒沼ひさ子は――ぼくらの母は、能力持ちの息子が存在することを望まない。彼女が望まない限り、ぼくも久裕くんも〝普通〟の存在として生きるはずだ。さいわい白良馬村という土地は、とくに不安定じゃないしね。でも」

小フーガが鳴りつづけている。

妙だな、と泉水は思った。着信音がやけに反響して聞こえる。まるで風呂場《ふろば》の中にいるかのようだ。耳がおかしい。すべての音が、近いようで遠い。

麟太郎が、ふっと眉を下げて微笑した。

「――話そうか」

「え？」

「八神くんたちにさ。いい機会だ。話しちゃおう」

なにを。そう問いかえす前に、泉水の視界がぐらりと揺れた。

世界が横に、大きくぶれる。ぶれがすこしずつ小刻みになる。と同時に、座卓を挟んで目の前にいるはずの従兄《いとこ》の顔がぼやけ、薄れていく。

——遠ざかる。

〝洞《うろ》〟に引きずりこまれる。

自覚できたときは、すでに遅かった。

灰いろの泥濘《でいねい》に似た薄闇に、泉水の意識はどっぷりと呑《の》みこまれていた。

6

森司は灰いろの薄闇の中にいた。

あれ、と思う。あれ、さっきまで藍さんのアウトランダーの中にいたのにな、と。

泥濘に似た、濁った闇だった。

視界が不確かだ。目線を下ろして自分の掌《てのひら》をうかがうと、親指と中指だけが奇妙に膨れあがって見えた。腕もぐにゃぐにゃして、大きさのバランスがおかしい。

——おれ、熱があるんだろうか。

森司はいぶかった。

以前インフルエンザで高熱が出たとき、世界がこんなふうに見えた気がする。いやそれとも、夢の中で見た光景だっただろうか。

頭がはっきりしない。なにもかもが、たゆたって、いびつで、さだかじゃない。

そのゆがんだ世界の中に、ぽつんと泉水がいた。

——泉水さん。

森司は駆け寄った。

すくなくとも、駆け寄ろうとした。だが走っても距離はまるで縮まらなかった。

——泉水さん、おれ、熱が出たんでしょうか。

そう問うと、聞き慣れた泉水の声が返ってきた。

「熱は知らんが、おまえ、ここに来る直前までなにをしてた？」

なにを？　なにをしてたかって？

しばし考えこみ、森司はようやく思いだした。

落合くんという一年生が——。と最初から説明しかけ、ああ不要だな、と気づく。泉水にはわかっている。落合純太も、その父親の益弘にいたるいきさつもだ。

——落合くんが「親父はどういうつもりなんだ、人殺しになる気か」って言うから。

つい反論してしまいました。

——柄にもなく、説教じみたことを言いました。反省してます。

うなだれた森司の頭上で「それでか」と泉水の声がする。

「それでか。おれたちはいま、数珠繫ぎだからな。たまたま同時に、全員もしくは過半数の気分が落ちたんだろう。だから引きずられて、〝洞〟に仲良く落っこちたわけだ。まあ大丈夫だ。じきに戻れる」

全員？　森司はあたりを見まわした。でもおれたち以外、誰もいませんよ――そう言いかけた。

「いや、鈴木がそこにいる」

泉水が彼の右横を指した。

だが森司に、鈴木の姿は見えなかった。

闇の中にほんのり白い光が瞬いているだけだ。にもかかわらず、そのときの森司には納得できた。ああ、あれが鈴木か。そう思ってうなずいた。

「益弘さんは、おれたちを撥《は》ねつけつづけている。だから〝洞〟までは落ちてこなかったんだろう。だが彼も村のどこかで、気分が滅入《めい》るなにかにぶつかったことは確かだ。八神、おまえがたぶん一番、益弘さんと近――」

泉水が言いかけたとき、

「部長さん」

鈴木の声がした。

「部長さんが……、あっこにいます」

声が導く方向を見やって、ほんとうだ、と森司は思った。

灰いろの薄闇の中に、泉水からも森司からもやや離れたところに、六、七歳の男の子がしゃがみこんでいる。

顔より大きな銀縁眼鏡をかけた、小柄で痩《や》せっぽちの男児である。見覚えのない子供だった。しかし疑いなくその子は、黒沼麟太郎部長だった。

「八神」

泉水が口をひらいた。

喉《のど》にからんだような、嗄《か》れた声だった。

「あいつが――本家が、さらわれた子供を捜したい、と言っている。すまんが、おまえらも協力してくれるか」

もちろんです。森司は答えた。もちろんです、一緒に捜します。当たりまえじゃないですか。なんで今日に限って、「すまん」だなんて言うんです。

「いなくなった子は自分だ、と本家は言っている」

泉水が抑揚なく言った。

「本家がガキの頃、実の父親に誘拐されたことは前に話したな？　あいつはさらわれた少女たちを、自分と重ねている。過去の自分自身だから、見過ごせないそうだ。あいつは、本家は――」

「名前で、呼んでいいよ」

黒沼部長の声がした。

森司は思わず、薄闇の向こうの男児を見やった。

相変わらずその姿は六、七歳の男児だ。しかし声は、現在の黒沼麟太郎のものだった。平均よりやや高めとはいえ、声変わりの済んだ成人の声である。

「べつに、気を遣わなくていいんだ。前も言ったけど、名前の画数が多くてめんどくさいってだけだよ。響き自体はそれほど嫌いじゃない。……すくなくとも、昔いっとき感じたわだかまりは、もうないんだ」

次の瞬間、森司はどぷり、と黒い波に呑まれるのを感じた。

それは記憶であり、情報の波だった。

波の中心には、黒沼ひさ子がいた。

黒沼ひさ子。黒沼本家の遠縁から引きとられてきた、異能の少女。ただの霊視を超えた能力を持つ、先祖がえりの少女だ。

——黒沼麟太郎の、実母。

麟太郎自身が持つ記憶と、情報が織りなす海だった。

引きとられた当時、ひさ子はわずか五歳だったという。彼女は麟太郎の父である黒沼英太郎《えいたろう》の、妹として育てられた。

「祖父は母を『養女だ』と、周囲に説明していた」

麟太郎の声がする。

「母も父も、その言葉を信じていた。でも嘘だったんだ。祖父母は黒沼ひさ子に対し、なんらの法的手続きも取っていなかった」

そして高校を卒業するやいなや、ひさ子は養父母に命じられた。

英太郎と結婚して、後継ぎを産め、と。

むろん、ひさ子の異能が子々孫々に遺伝することを期待しての婚姻であった。

だが相手は、十年以上兄妹《きょうだい》として育った英太郎だ。ひさ子は反発した。英太郎も拒んだ。しかし父親に逆らえない英太郎は、やがて折れた。

「ひさ子の――母の承諾は、最後まで得られないままの強引な結婚だったらしい」

子供の顔のまま、大人の声音で部長が言う。

「そして二十歳になる前に、ひさ子は妊娠した。待望の跡取りってやつだ。それがぼくだよ。祖父の期待どおり、ぼくは男子だった」

けれど、問題が起こったんだ――。

彼は声を落とした。

「黒沼家の跡取りは、代々〝父親が名づける〟のがならわしだ。でもぼくの名は、英太郎が付けたものじゃない。命名したのは、祖父だった。祖父の庸太郎《ようたろう》だ」

男児の姿の部長が、大人びた仕草で肩をすくめる。

「その意味はわかるよね？　この事実を知ったとき、ぼくは中三、泉水ちゃんは中二だった。泉水ちゃんはぼくに気を遣って、下の名前で呼ぶのをやめた。……中学生でもわかる理屈だよ。祖父に名づけの権利を譲ったとき、父は、どんなにか屈辱的だったろうね」

だからこそ、父はひさ子と離婚して失踪《しっそう》した——。

声を落として部長はつづけた。

「そうして七年後に父は戻ってきて、ぼくをさらった。ぼくに憤懣《ふんまん》をぶつけ、どこへともなく去っていった。いまどこにいるかは誰も知らない。おそらく、もう生きちゃいないだろうさ」

感情のない口調だった。

「祖母は黒沼家の人間だから、祖父に異論なんて持たない人だ。一方、母のひさ子は黒沼の力が及ばない街へと逃げ、そこで再婚した。——ぼくが父の子なのか、祖父の子なのか、おそらく母本人にもわからないだろう。ともあれ名前をつけることで、祖父はぼくの所有権を主張したわけだ。そして父は、その主張に屈した」

男児は——部長は、いつの間にか泉水のすぐそばに立っていた。

気づけば森司と二人の距離は、かなり縮まっていた。

男児が立ちあがり、両腕を広げて言う。

「なんでこんな話をするかって言うとね、ぼくは自分の生まれをべつに恥じてないんだよ。だってぼく、悪くなくない？　大人の事情がどうあれ、ぼく自身はこれっぽっちも悪くない。そこは確かだよね？」

「ああ」

気圧《けお》されつつ、泉水がうなずいた。

「おまえは、なにひとつ悪くない」

「でしょー？」

部長は得たりと手を叩《たた》き、声を張りあげた。

「あのね、ぼくはこう見えて暗い性格なのね。恨もうと思えばいつまでもねちねち恨んでられるの。それこそ何十年でも、死ぬまで恨むことだって可能な性格してるの。でもそんなのいやだからさ、意図的に自分の意識を明るいほうへ引っぱってるわけ。ポジティブシンキングを日々心がけて生きてきたんだ」

耳に馴染《なじ》んだ早口でまくしたて、部長はつづけた。

「恨みだしたらきりがないんだよ。だって恨むとなったら、そもそも何世代さかのぼって恨まなきゃなんないのって話でしょ。うちの祖父があんな人なのは、そのまた父だか祖父だかの影響だし、それを許してきたまわりのせいでもある。責任の所在なんてのを言いだしたら、際限ないじゃないか」

彼は言葉を切って、

「とはいえ父母、とりわけ母には、祖父を恨む権利がある。彼らが家を出たこと、ぼくを育てたくないと思ったことは、ようく理解できるよ」

「おい」

制しかけた泉水を無視して、

「父の気持ちもわかるんだ」部長は言った。

「理屈ではわかるよ。理解できる。でもぼくは父を好きになれない。彼はぼくじゃなく、祖父に怒りをぶつけるべきだった。ぼくの名を、祖父につけさせるべきじゃなかった。父は祖父に反抗できない人だった。だから代わりにぼくを殴ったんだ。それは駄目だ。罪のない子供に怒りをぶつける者を、ぼくは許容できない」

眼鏡を指で押しあげ、部長は言った。

「だからだよ。だからぼくは、益弘さんに協力したい。烏丸理市を罰したいし、行方不明の子供がいるなら助けたい。けっして他人事《ひとごと》じゃないからだ。ぼくはぼくのトラウマを乗りこえるためにも、子供の苦境を見過ごしてはいけないんだ」

「わかってる」

腕組みして、むっつりと泉水が言った。

「わかってるから、おれはおまえとここにいるんだ。まあ巻きこんじまった八神たちには、申しわけないと思ってるが……」

いえ、と森司は言いたかった。

いえ、違います。申しわけないことなんかなにもない。

おれも鈴木も、藍さんも、こよみちゃんも同じ思いです。おれたちは部長と泉水さんに巻きこまれたわけじゃなく、みんな自分の——。

そう言いかけたとき。

闇の端を、異物めいた音が切り裂いた。

「……──は、どこ？」

ガラスを引っかくような声であり、悲鳴だった。

女の声だ。いや、母の訴えだった。過去からだろうか、それとも未来から届いたのか。

すがるような、痛切な叫びが闇いっぱいに響きわたる。

「……は、どこなの？　……を知りませんか？　あの子ったら、どこにもいなくて──」

児玉宏美とも澤北某《なにがし》とも、ほかの母親ともつかぬ声であった。わが子を捜す、嗚咽《おえつ》まじりの嘆きだ。胸が震えるような啼泣《ていきゅう》だった。

「ああ、どうしよう。……にもしものことがあったら、わたし、どうしたらいいの……」

地球の裏側で、貧しい国で、戦場で、あるいは富める町の片隅で。

突然わが子を奪われてきた、何十年何百年にもわたる、すべての母親の悲鳴かもしれなかった。

涙で揺れる声が、うわずって高まる。

おさまる様子はなかった。さらに尻上《しりあ》がりに高くなっていく。

その音が、灰いろの闇にひびを入れた。亀裂が蜘蛛《くも》の巣状に広がる。見る間にひびが大きくなる。

卵の殻のごとく、薄闇が音をたてて砕けた。

第五章

1

＊二月十一日　午後三時三十七分

「あ、あれや！」

緑に白字の案内標識を指し、鈴木が叫んだ。

アウトランダーはふたたび北陸自動車道を疾走していた。九十キロでひた走るアウトランダーの車窓から、鈴木が見とがめたのはサービスエリアの表示であった。

「あのサービスエリアやわ。ですよね、八神さん？」

鈴木に顔を覗《のぞ》きこまれ、森司はうん、とあいまいに答えた。

──おまえ、元気だなあ、
さっきまでおれと泉水さんと、一緒に〝洞《うろ》〟に落っこちてたくせに。

そう思ったそばから、あれ、時系列が狂ってるからそうとは限らないのか？　と首をひねる。駄目だ。頭がうまく働かない。常にも増して回転が鈍い。

──でも、あのサービスエリアなのは確かだ。

澤北という女性が、娘を見失ってうろたえていた場所だ。

「降りてみる？」

ハンドルを握る藍が言った。

「落合くんのお父さんも降りたサービスエリアなんでしょ？　だったら鈴木くんと八神くんがあちこち触れれば、手がかりが得られるかも」

「ですね、降りてみましょう。……ついでになにか、食いもんも買いましょ」

鈴木が語尾を落とした。

「こんなときにすんません。けどさっきも言うたとおり、腹減ってしゃあないんです」

おれもだ。森司はうなずいた。さっきから腹がぺこぺこだ。いつもの三倍から五倍は、エネルギーを消費していると感じる。そのくせ渇きはさほど感じない。

アウトランダーが車線を変えた。

目当てのサービスエリアへと降りていく。

駐車場に車を並列で駐《と》めると、藍はエンジンを切って後部座席を振りかえった。

「八神くん、降りれる？　というか、立てる？」

はい、と森司は答えたつもりだった。しかしうまく声が出なかった。あたたかいものに顔が埋《うず》もれている。めりこんでいる、と言ってもいいくらいだ。

藍がすまなそうに言う。

「幸せそうで邪魔したくないけど……。いまは緊急事態だからね、ごめんね」

わかってます。そうもごもご答え、森司は首をもたげた。

いい香りとあたたかさが遠ざかって、正直言えば名残惜しい。だがそうも言ってはいられなかった。ゆるく首を振り、窓の外を見る。

その瞬間。

森司の意識が、急に覚醒《かくせい》した。

音がクリアになる。視界が一瞬にして明瞭《めいりょう》に、くっきりとあざやかになる。うわん、と耳鳴りがするほど音と色彩が押し寄せたかと思うと、瞬時に正常に戻った。

——車。アウトランダー。

——サービスエリア。

森司は起きあがった。

視界の半分は、後部座席から見る運転席と助手席のシートで占められていた。その向こうにダッシュボードがあり、フロントガラスがあった。

フロントガラス越しに、サービスエリアの入口が見える。

ちょうど家族連れが出てくるところだった。眼鏡をかけた小太りの父親。娘の手を引いて、そのあとを行く母親。幼稚園児らしき娘が着けたマスクの柄まで、なにもかもがひどく鮮明だ。

森司は自分の掌《てのひら》を見下ろした。

違う。さっきまでとは、ものの見えかたがまるで違う。

視覚だけではない。五感のすべてがクリアだった。聴覚。触覚。嗅覚《きゅうかく》。ひどく生々しい。戻った、と感じる。世界が戻ってきた、と。

「鈴木……」

見上げた森司の視線が、一点に吸い寄せられた。

「鈴木、見ろ。――彼女だ」

サービスエリアの窓ガラスの向こうに、〝彼女〟がいた。

澤北某だった。離婚して旧姓に戻った女性。娘を元夫に連れ去られたと思い、絶望していた母親である。

「ほんまや」

すぐ横で、鈴木も息を呑《の》むのがわかった。

「え、なに？　澤北さんがいたの？」藍が声を上げる。

「でもあの人がここにいたのは、八日でしょ？　あれからずっと、ここで娘さんを捜してたわけ？」

答える余裕はなかった。

後部座席のドアを開け、鈴木が外へ飛びだす。森司もそのあとにつづいた。入口までの数メートルを駆け、鈴木を追い越して自動ドアをくぐった。

まず目に入ったのはフードコートだった。

テーブルと椅子がいちめんに並んでいる。その向こうには、スターバックスやサーティワンといった有名な看板が並ぶ。うどん屋、ラーメン屋、たこやき屋、カレー屋、テイクアウト用の弁当屋、そして自動販売機。

コーヒーの自動販売機の前に、彼女はいた。

彼女がこちらに気づく。目が合う。

森司は目を見ひらいた。かたわらで、鈴木がうっと低く呻《うめ》くのが聞こえた。

――澤北。

――澤北、香苗《かなえ》。

目が合った刹那《せつな》、情報が雪崩れこんできた。

ああそうだ。彼女の名は、澤北香苗。

このサービスエリアに、元夫と娘とともにやって来た。表の駐車場に駐めた彼女のワゴンRはもうない。とっくにレッカー車が運んでいってしまった。なぜって、なぜなら彼女がここに来たのは。

――八日じゃない。

香苗がふらふらと森司たちに歩み寄ってくる。その眉《まゆ》が気抜けしたように下がって、八の字を描く。

「よかった」

彼女は言った。

「よかった。……やっと、気づいてくれる人がいた。娘が、わたしの娘が、いなくなったんです。あの人に、連れ去られてしまった……。お願いです、すぐ警察に通報して。そしてわたしを」

「八神くん！　鈴木くん！」

藍の声が、背後から響いた。

藍とこよみが純太をともなって、森司たちのもとへ駆けてくる。足音でそれがわかった。しかし森司は、目の前の香苗から目がそらせなかった。

香苗は大粒の涙をこぼしていた。声を詰まらせながら、彼女は言った。

「わたしを――。お願い、白良馬村まで乗せていって」

走り寄ってきた藍が、森司の横で立ちどまる。

「どうしたの、八神くん？」

藍は怪訝《けげん》そうに言った。

「どうしたの。こんなになにもないところで立ちどまって」

そう、藍に香苗は見えない――。森司は思った。

おそらくは落合益弘にも見えなかったはずだ。なぜなら彼はサイコメトリストであって、霊視者ではない。

――生きている人間じゃ、なかった。

香苗は二日から、ずっとここにいた。娘をここで失ったこと、娘を捜すことに拘泥しつづけたがゆえだ。彼女の心だけは、この場に十日の間とどまっていた。

森司は彼女を見つめた。

香苗と、正面から目が合う。彼女の瞳《ひとみ》が揺れた。

はっと見ひらかれる。

「ああ」

彼女はあえいだ。

その瞳に恐怖が刷《は》かれ、やがて理解の色が広がっていく。

「ああ――そうなのね。そうだった……わたし……」

両手で頬を覆う。身をよじり、口を大きくひらく。その顔が縦にぐにゃりとひしゃげ、ゆがんで、見る間に崩れていく。

――わたし。

ふたたび鈴木が呻いた。

無理もない。香苗との距離は、鈴木のほうがずっと近い。思わず森司は、鈴木の肩を摑《つか》んだ。

流れこんでくる。森司は眉根《まゆね》を寄せ、目を閉じた。

だが目をつぶろうが、耳をふさごうが無駄だ。見つめてくる香苗の瞳から、摑んだ鈴木の肩から、否応《いやおう》なしに彼女の情報と記憶が、どっと雪崩《なだ》れこんでくる。

――わたし、あの日に死んだ。

香苗は二日の夜になって、ようやくヒッチハイクに成功した。大学生のカップルを摑まえ、白良馬村まで乗せてもらったのだ。

彼女は村で元夫を見つけ、糾弾した。娘を返せと迫った。しかし。

――わたし、殺された。

いさかいの結果、彼女は絞め殺された。

亡骸《なきがら》から離れた彼女の心は、娘を失った現場に立ちかえった。そしていまのいままで、娘を捜しつづけていたのだ。自分が死んだことさえ忘れ、ひたすらに愛娘《まなむすめ》の身だけを案じて。

「あなたの――……」

頭痛に顔をしかめながら、森司は尋ねた。

「あなたの、娘さんの、名前は？」

――椿紀《つばき》。

香苗が答えた。

――澤北、椿紀。

言い終えると同時に、ふっと香苗は消えた。しかし気配のすべてはかき消えていなかった。残滓《ざんし》がまだ大気に漂っている。

鈴木が自分の胸に手を当て、「大丈夫」小声で言った。

「大丈夫です、澤北さん……。おれらも、これから村に向かいますんで」

いまだ事態を把握できない藍が、

「なんなの？」と問う。

「なにがあったのよ。例の澤北なんとかさんは？　もう会ったの？」

「はい。会いました」

　森司は藍に向きなおった。

「彼女の名は、澤北香苗さん。部長たちが会いに行った白葉家の次代当主、漣さんの奥さん……いや、奥さんだった人です」

　そして彼はざっと説明した。

　香苗がその日のうちにヒッチハイクで白良馬村に向かったこと。無事に村に着けたはいいが、そこで元夫と揉《も》みあいになり、絞め殺されたことを。

「そんな」

　藍とこよみが顔いろを失くす。

「そんな――いえ、待って。じゃあ、娘さんはどうなったのよ。椿紀ちゃんをさらったのは父親？　烏丸理市じゃないの？」

　しかしその問いをふさぐように、かん高い着信音がした。

　落合純太のリュックからだ。

　益弘のスマートフォンであった。

2

＊二月十一日　午後三時十六分

少女は、夢とうつつの境にいた。

この数日間、少女はずっと怖かった。

両親が離婚して、母の実家がある山形に戻ることができて、ようやく平穏な暮らしを手に入れたと思っていた。なのに。

山形の祖父母は、はじめのうちは離婚した母に文句たらたらだった。でもそのうちに小言が減り、目つきが穏やかになり、笑顔が増えてきた。

「やっぱり孫がそばにいると、ほだされちゃうねえ」

と少女を撫《な》で、なにくれとなく世話を焼いてくれるようになった。

でも母が「お父さんに会いに行こうね。……二日は、学校を休みましょう」そう言いだしてから、すべてがおかしくなった。

学校を休みたくなんてなかった。前の学校にも友達はいたけれど、特別扱いをされないいまの学校のほうが、少女はずっと好きだった。

「ヒナちゃんたちと約束してるから、やだよ。二日は水曜日だから、金魚当番だってあるし」

そう言ったが無駄だった。

「ごめんね。一日だけ我慢して」

母はせつなそうにまぶたを伏せた。その顔を見ると、少女もそれ以上強くは言えなかった。

——でもやっぱり、来なきゃよかった。

ひさしぶりに会った父は、変わっていなかった。やたらと愛想よくにこにこしていたけれど、笑顔を向けられてもすこしも近しく思えなかった。

三人でしばらくドライブしたあと、父の車はもとのサービスエリアまで戻った。

ほっとしたのも束の間だった。

父がわざとラーメンをこぼしたのだ。母がおしぼりを取りに走った隙に、少女は父に抱えあげられた。

あのとき叫べばよかった、といまでも思う。だが恐怖のあまり、悲鳴が喉《のど》でつかえた。なすすべなく少女は、父の車に押しこまれてしまった。

少女を村へ連れ帰った父に、父方の祖母は目を見張った。

怖い父より、さらに怖い祖母であった。その日は父と同じく作り笑いを張りつけていたが、その表情がいっそう怖かった。

しかし少女がちやほやされたのは、最初の数時間だけだった。

少女を追ってきた母が、白葉家を急襲してからすべては一転した。罵声《ばせい》。怒鳴り声。怒りで膨れあがった父の顔。母の泣き顔。祖母の金切り声。

祖母の手で、少女は土蔵に連れていかれた。

いやだと叫んだ。暴れ、泣いた。しかし痛烈な平手打ちで黙らせられた。

土蔵はひどく臭かった。おまけに真っ暗だった。

懇願も哀願も聞き入れず、祖母は少女を置いて無言で去ってしまった。施錠の重い音が、少女を絶望に突き落とした。

土蔵の中には〝先住者〟がいた。木製の檻《おり》の中にうずくまっていた。獣のような異臭は、その先住者から立ちのぼっていた。

そこに何時間閉じこめられたのか、少女は正確に覚えていない。

食事と水は祖母が運んできてくれた。だが食べ物など、ろくに喉を通らなかった。

お母さんは？　と訊《き》いても祖母は答えてくれなかった。

ただ「静かにしていなさい」「大声を出して騒いだら、ぶつよ」と言われただけに終わった。

逃げだす機会があったのは、うとうとして起きて、を何度か繰りかえしたのちだ。

祖母の代わりに、叔父が食事を運びに来たおかげだった。

叔父夫婦は昔から少女にやさしかった。すくなくとも、父や祖母のような冷淡さはなかった。

「ここは臭いから、きれいな空気を吸いたい」と少女は頼んだ。叔父は迷っていた。しかし何度か頼むと、「すこしだけだよ」と土蔵の外に出してくれた。

出た瞬間、少女は全速力で走った。

だがすんなり逃げられはしなかった。庭にいた父が気づいたせいだ。

父は走って追ってきた。少女は逃げ場に惑い、裏門から森へと向かった。森のことなら、幼い頃からよく知っている。撒《ま》ける自信があった。

父はしかし、諦《あきら》めなかった。追ってくる形相は鬼だった。

——父は、鬼になったのだ。

少女は気づいた。

そして鬼に捕まった母がどうなったのか、直観的に悟った。

泣きたかった。しかし泣いている場合でないことは、よくわかっていた。

それ以後の記憶はあいまいだ。

コートを脱いだことは覚えている。木にのぼったこともだ。木の上で父をうかがったこと、凍えたことも薄ぼんやりと思いだせる。

——たぶんわたしは、落ちたんじゃないか。

凍えて失神し、下に落ちたのだ。そして積もった雪に沈み、埋もれた。よく窒息しなかったものだと思う。

はっと覚醒《かくせい》した少女はもがいて、あがいて、また失神した。気づいたときは見知らぬ家にいて、見知らぬおばさんにやさしくされていた。

そのあと急に騒がしくなって、救急車が来て――。

そこでまた、記憶は途切れる。

すべてが闇に呑《の》まれ、父も、母も、祖母も叔父も、知らないおばさんも遠くなる。

「……まぶたが、見て……」

「意識が戻っ――……バイタル……」

誰かの声がした。やはり知らない人の声だ。

少女はゆっくりまぶたを上げた。

たったそれだけの動作なのに、ひどく億劫《おっくう》だった。全身が重い。手も足も、うまく持ちあがらない。

真っ先に視界に入ったのは、白い天井だった。

自分を覗《のぞ》きこむ顔が見えた。複数の顔だ。白い服。白い制服。白衣。見たことのある制服だった。きっと看護師さんだ。

――じゃあ、ここは病院だ。

「見える？　この指は何本かな？」

さんぼん、と少女は答えた。

看護師の目が、ふっと細まる。やさしい顔だった。

「お名前、言える？」

つばき。答えた声が、力なくシーツに落ちた。

――さわきた、つばき。

言い終えると同時に、疲労が襲ってきた。

お母さんは？　と問いたかった。いつおうちに帰れるの、とも訊きたかった。しかし、もう声が出なかった。

「……血圧が……呼吸は安定――……」

あのね、と少女は看護師に語りかけた。

あのね、あの土蔵、すごく臭かったんだよ。檻があって、その中に男の人がいたんだよ。犬みたいに飼われてた。おかしいでしょ？

――男の人はすごく痩《や》せてて、髪も髭《ひげ》もぼうぼう。右のほっぺに、大きなほくろがあったよ。

「……ったよ」

語尾が、音になって口から洩《も》れたのがわかった。よかった、と少女は安堵《あんど》した。次はきっと、もっとうまくしゃべれるはず。よかった。

看護師のあたたかい手が、少女の指をそっと握った。

3

＊二月十一日　午後三時四十四分

「親父の、元部下の刑事さんからのSMSでした」

父親のスマートフォンを確認し、純太が言った。

「例の子が――児玉宏美さんの家から救急搬送された子が、意識を取りもどしました。山形在住の澤北椿紀、と名のったそうです」

「ということは、澤北香苗さんの娘で確定ね？」と藍。

「〝二日から行方がわからなくなっていた、山形の子〟でもあります。やっぱり同一人物だったんですね」

こよみが言った。

「ほいで部長さんたちが訪れた白葉家の、跡取り息子の娘でもある。……あれ？　せやったら、いま現在行方不明の子はおれへんのんか？」

鈴木が首をかしげた。

「いや、そこで安心しないでください。うちの親父がナイフを持って、殺人犯を捜しに行ったことには変わりないです」

と純太が鈴木を制す。

森司は「そうだよな」と首肯した。

「そうだよ、安心してちゃいけない。本題はそこだ。おれたちの目的は第一に益弘さんを止めることで、第二に烏丸理市を見つけることだ。と言っても第二のほうは、ついさっき部長たちとの約束でできた目的だけど……」

「それに、謎はまだ残ってるわよ」

藍が言った。

「烏丸理市よ。落合くんのお父さんは、椿紀ちゃんに触れて烏丸理市の情報を得たんでしょ？　そして一人で白良馬村に向かった。ということは、やっぱり烏丸は村に潜伏してるのよ。そして椿紀ちゃんの誘拐事件に、なんらかのかたちでかかわった」

「ですよね。とにかくおれたちは、白良馬村に向かいましょう。まずは部長たちと合流しなきゃ」

森司は一同を見まわしてから、

「――でも、ごめん。その前にメシ食わせてください」

と頭を下げた。

「さっき鈴木も言ったけど、ふだん使ってない方向に力を使うせいか、めちゃくちゃ腹が減るんだ。なるべく早く食うと約束するから、いまのうち腹ごしらえしたい。ちょっとだけ時間をください」

五人はフードコートのテーブルに着いた。

藍が部長に「椿紀の意識が戻った」とLINEを送り、こよみと純太がスターバックスのコーヒーを飲みほす間に、森司は焼きそばの大盛りとポークカレーををたいらげた。さらに揚げたこやきを一舟食べた。

鈴木は醬油《しょうゆ》ラーメンと五目炒飯《チャーハン》を、ものの数分でかきこんだ。スターバックスのホワイトモカにホイップクリームとシロップを追加し、一滴残さず飲みほした。

「鈴木くんがそんなに食べるとこ、はじめて見たわ」

と藍は恐れおののいていた。

「いつも小鳥がつつくようにしか食べないのに」

「今日は体がエネルギーいうか、カロリーを求めてます」

大真面目に言う鈴木に、「わかる」と森司も真顔でうなずいた。

「炭水化物と油と糖分さえあれば、とにかく動けると体が命じています。動くための手っとり早いガソリンをほしがってる感じです」

森司は純太を見やった。

「益弘さんも、こんなふうに腹が減るって言ってたか？」

「あ、はい。いま思えば……。でも、ここまでじゃなかったと思います」

純太はかぶりを振った。

「最近は健康食に切り替えてましたが、もともと親父はよく食う人なんです。だから異変に気づかなかった……なんて、ただの言いわけですね。もっと注意して見ておくべきでした」

純太の横顔に、悔いが浮いていた。

「謝ることないよ」

森司は彼の肩に手を置いた。

——そうだ、純太は悪くない。きっといまが特別なんだ。

さっきおれが「安心してちゃいけない」と言ったとおり、ことは非常事態のままだ。現在進行形でつづいているんだ。

「いま頃、親父はどうしているんでしょう」

純太が不安そうに言う。

「なんの当てもなく、縁もゆかりもない村に向かって……。きっとホテルや旅館なんてないですよね？　なにを食って、どこに寝泊まりしてるんだろう」

「大丈夫だよ」

森司は言った。

「益弘さんは元捜査員だ。おれたちよりずっとたくましいし、潜入捜査のノウハウも持ってる。きっとだいじょう——」

言いかけたとき、森司の脳の端を、ちかっと光がかすめた。

ただの閃光《せんこう》ではなかった。サイコメトリーが示す、記憶の光だった。

慌てて森司は手を伸ばした。むろん本物の手ではない。意識の触手とでも形容すべきそれが、間一髪のところで光をとらえた。

森司の口から、言葉がすべり出た。

「――ここで、買ってる」

「え？」

純太が目をしばたたいた。

彼の問いを無視し、森司はつづけた。

「益弘さんは、このサービスエリアで降りて……ここで、いろいろ買ってる。腹が減ることを知ってたんだ……。知って、備えてた。カロリーの高い菓子パンとか、ジュース、チョコレート。スポーツドリンク。ビタミン剤。登山の経験を生かして、非常食にできるものを買いこんでる」

「ど、どこに」

純太が腰を浮かせた。

「いまどこにいるか、わかりますか。親父は、どこでどうして」

「待て」

森司は手で彼を制した。気遣ってやれる余裕はない。光を手ばなさすにいることで、いまは精いっぱいだった。

掌《てのひら》を前方へ突きだしたまま、森司は立ちあがった。

勢いよく立ちあがりすぎたせいで、椅子が後ろへ倒れそうになった。藍が急いで椅子を支える。だがやはり、謝るゆとりはなかった。集中していないと、益弘の記憶がするりと逃げてしまいそうだった。

——益弘さんは、おれたちに事態を隠そうとしている。

巻きこむまいとしている。だから〝繋《つな》がって〟いてもほとんど彼が読めない。それでもほんのときたま、なにかのきっかけでほころびが生まれる。そのほころびから洩《も》れた記憶と思念を必死で摑《つか》み、追いすがるしか、いまは手立てがない。

森司は導かれるままにふらふらと数メートル歩き、足を止めた。

目の前には柱があった。

益弘さんも触れた柱だ、と思った。確信があった。オフホワイトのクロスで覆われた、一抱えはあるだろう柱だ。

森司は掌を、ゆっくりと柱に押しあてた。

——うわ。

思わず眉間《みけん》に皺《しわ》が寄った。

想像していたのと、違う。

ずしりと重い記憶だった。おまけに古い。古い上に、記憶の持ち主にとって思い入れの深い映像であった。

——誰の記憶だ。

益弘さんは、誰の記憶を視たんだ？　だがそういぶかる間にも、森司の意識は記憶の波にさらわれつつあった。

押し寄せる。呑《の》まれてしまう。呑まれて沈み、やがてゆっくりと浮上していく。

そして目の前に、急に景色がひらける。

——緑？

いちめんの緑だ。まず、そう思った。

——緑……、いや、枝葉だ。

背の高い木。木々。草の匂い。葉を透かして射しこむ、針のように細い陽光。

——森か？

そう気づいたとき、すでに森司は森の中にいた。視界いっぱいの濃緑。草いきれ。雨露を含んだ苔《こけ》の、つんと青くさい香り。

季節はいつだろう。

秋や冬でないことは確かだった。雪がない。紅葉も見えない。

どこかで黒ツグミが鳴いている。清流のせせらぐ音もする。低木の葉の裏には虫が這《は》い、沢では青蛙《あおがえる》や泥鰌《どじょう》、姫蛍《ひめぼたる》が息づいている。

森には、一人の少年がいた。

小学生だ。十歳くらいだろうか。

彼の思念が、森司の中に流れこんでくる。いくつもの単語が、脳内でまたたく。セイコーの腕時計。ナナカイキ。南極物語。E・T。ファミコンのカセット。ロサンゼルスオリンピック。

――三十年くらい前？　いや、もっとか？

映画の『南極物語』は、しばらく前にリメイクされたから森司でも知っていた。家庭用ゲーム機の元祖がファミコンと呼ばれたことも、知識として持っている。

だがそれがどの程度の昔かと問われると、まるでぴんと来なかった。

――両親の若い頃だろうか？

そう、ぼんやり見当をつけた。

くだんの少年は、樫《かし》の木に張りついていた。太い幹の陰に身を隠しているらしい。息を殺して、なにかをうかがっていた。

森司は少年の視線を追った。男の背中が見えた。中年の男だ。紺のジャンパーを着ている。

途端、森司は瞠目《どうもく》した。

男は幼い少女の首を絞めていた。少女の喉《のど》に両手をかけ、持ちあげている。吊《つ》るすように掲げている。

少女の脚が、力なく揺れる。その顔は真っ赤だった。鬱血《うっけつ》して膨れあがった顔がゆがんでいる。苦悶《くもん》に白目を剝《む》きかけていた。

やめろ、と森司は叫びたかった。

男を止めたかった。だが声は出ず、足も動かなかった。

なぜならこの映像は、過去だからだ。これは誰かの——おそらくは見ている少年の記憶に過ぎない。森司が介入できる場面ではないのだった。

少年が呻《うめ》いて前かがみになる。ほぼ同時に、斜め前方の茂みから、黒い影たちが飛びだしてくる。

影は紺のジャンパーの男を取りかこみ、いっせいに襲いかかった。影たちのうち数人は木刀を手にしていた。

木刀で後頭部を割られ、男がその場にくずおれる。

地面に投げだされた少女が苦しげに咳《せ》きこむ。

近くの低木に、男の血が散っていた。少年が逃げ去っていく。

だが駆けるその横顔に、森司は興奮を嗅《か》いだ。たったいま目にした光景に、少年はあきらかに憑《つ》かれていた。背後の出来事に心を残しながら駆けていた。

「——……がみくん」

誰かが呼んでいる。森司は思った。

あれは、おれを呼ぶ声だ。誰かがおれに呼びかけている。

「——ぱい。……やがみ……んぱい」

こよみちゃんだ。森司の心臓が跳ねた。

藍の声に、こよみの声が重なったのだと知覚する。意識が現実に戻りつつあることを、肌で感じる。

意識がぐっと急激に浮上した。

世界を包んでいた薄膜が、あえなく泡のように割れた。

「八神先輩！」

こよみの声が耳を打つ。

「……ああ」

森司は二、三度まばたき、かぶりを振った。

すぐ目の前にこよみがいた。棒立ちの彼を、眉根《まゆね》を寄せて見上げている。

その後ろには藍と鈴木がいた。やや離れたところに落合純太が立っている。自動販売機。並んだテーブルと椅子。たこやき屋やカレー屋の派手な看板。

「——藍、さん」

森司はぼんやり言った。

「……ロサンゼルスオリンピックって、何年前ですか……？」

「え？」

一瞬、藍は戸惑い顔になったが「待って。調べる」とすぐに携帯電話を取りだした。

ブラウザで検索し、答える。

「三十八年前だって」

「さんじゅう……。ああ、じゃあ、やっぱりそうだ」

森司は手の甲で目を擦《こす》ってから、

「おれ――たぶん、烏丸理市の過去を視ました」

と言った。

「烏丸の？　じゃあ、あいつもここに来たの？」

「来たことが、あるんだと思います。古釧市からこのサービスエリアは近いから、不思議はないですけど。……あいつの原体験というか、ええと、殺人衝動の大もとになったらしき記憶を視ました。たぶん同じものを、八日の益弘さんも視たんだ」

「そして、やつを追ったんですね？」

純太が勢いこんで訊《き》く。

「そうだ。行き先に確信を得た益弘さんは、食料を買いこんでタクシーへ戻った。タクシーにあらためて行き先を告げ、ここを発《た》った」

森司は純太にうなずきかえして、

「だからおれたちも発たなきゃ。――あ、その前に、益弘さんを見ならって食いもん買っていこう。村に着く前に、もうすこし食っておきたい」

とまわれ右した。

約十分後、アウトランダーはサービスエリアを出て北陸自動車道に合流した。

食料の袋はこよみが膝《ひざ》にのせていた。弁当屋で買った二人ぶんのおにぎりである。二人ぶんと言っても、常よりだいぶ量が多い。明太子《めんたいこ》と鮭はらすを二つずつ。梅昆布、高菜、肉そぼろ、筋子をひとつずつだ。

「あれ？」

走りだしてすぐ、森司は首をかしげた。

「灘、ずっとそこに座ってたか？　いままでも同じ席？」

「そうですが……」

怪訝《けげん》な顔をするこよみに、森司は頭を掻《か》いた。

「いやごめん、あれ？　おかしいな。なんか……なんだろう——」

じゃあおれがもたれて、寄りかかっていたものはなんだ？　ずっと顔を埋《うず》めていたものはなんだろう？　あのほどよい温度で、なんとも言えぬいい香りで、やわらかだったものは……。

しかし考えを突きつめる前に、

「先輩、お茶どうぞ」

こよみにペットボトルをずいと突きだされた。

「え、うん。ありがとう」

「おにぎりも、いまのうちにどうぞ。深く考えないでください。いまは食べましょう。食べるときは、頭を空っぽにして無心で食べましょう」

彼女らしからぬ語調に気圧《けお》されつつ、森司は尋ねた。

「ど、どうした灘。具合悪いのか？」

「いえ」

「でも耳まで赤いぞ。熱があるんじゃ……」

「八神くん、よけいなこと言わない！」

運転席の藍に一喝された。

おまけに鈴木までもが、「そうですよ、藍さんの言うとおりです。そんなん言うたらあかん！」と叱責《しっせき》してきた。

「え、あ、はい……」

森司は言葉を呑《の》み、身を縮めた。

「なんか、すみません」

4

＊二月十一日　午後四時十二分
真冬の白良馬村は、早くも夕方になりかけていた。

「真冬のお祭りって珍しいわよね」

車内からお神楽らしき笛の音を聞きつけ、藍が言う。

「なんだか大晦日《おおみそか》を思いだします」

と森司は相槌《あいづち》を打った。

泉水から事前に聞いていた空き地へ、アウトランダーを駐《と》める。神社の真ん前に位置する空き地で、きれいに除雪してあった。

ドアを開けた途端、お神楽の笛がいっそう高く届く。腹の底に響くような太鼓が、どん、どん、と笛の音を追いかけていく。

村人の大半は、すでに神域に集まっていた。

連なる鳥居の列を抜けると、雪をかぶった玉垣があらわれる。玉垣の中には祭りの屋台が、境内の片側一列のみだが賑《にぎ》やかに並んでいた。

季節柄、さすがに金魚すくいやかき氷のたぐいは見あたらない。その代わり、おでん、串焼《くしや》き、じゃがバター、鮎《あゆ》の塩焼きなど、あたたかそうな看板が軒を連ねる。

御神木の真ん前では芋煮《いもに》の大鍋《おおなべ》が湯気を立てており、子供には甘酒、大人には熱燗《あつかん》が配られていた。酒粕《さけかす》を溶いたらしい、独特のいい香りが漂う。

そしていままさに、神域では篝火《かがりび》の用意がととのいつつあった。

一定の長さで切られた薪《まき》が境内の中心に積まれ、高く組み上げられ、櫓《やぐら》のようなかたちを成している。

その横には着物を着せられた棒——オシラサマの形代が山と積まれていた。やがて火が焚《た》かれ、炎が火の粉を闇にふり撒《ま》く頃、ひとつひとつ投げこまれてお焚き上げされるに違いなかった。

「部長！　泉水ちゃん！」

いち早く藍が、二人を見つけて駆け寄る。

「やあ。ごめんね、予定より早い合流になっちゃったね」

部長が鷹揚《おうよう》に応《こた》え、純太を見やった。

「こちらが落合くんかな？　挨拶《あいさつ》が前後して申しわけない。ぼくが雪大ォカ研の部長をつとめる黒沼です。こっちが従弟《いとこ》の泉水ちゃん」

「ど、どうも」

へどもどと頭を下げる純太に、部長は微笑んだ。

「ごめんだけど、この場じゃきみもうちの部員ってことにしといて。村の人に、お父さんのことは口にしないようにね」

言うが早いか、純太の返事は待たずに本殿を振りかえる。

「和史さーん」

篝火の前で差配している男に、部長は手を振った。

例の〝洞《うろ》〟に落ちたとき、泉水さんを通して視た人だ――と森司は悟った。確か部長と泉水を離れに案内した、白葉世津子の夫だ。

気づいた和史が、小走りに近づいてくる。

「どうなさいました、黒沼さま？」

「和史さん、紹介しますね。彼らはぼくが部長をつとめるサークルのメンバーです。ほんとは明日合流して温泉に行く予定だったんですが、ぜひ白良馬村のお祭りに参加したい、と言うもので」

「え、ああ、そうですか。しかし……」

和史が眉《まゆ》を下げ、肩越しにちらりと背後をうかがう。

視線の先には、玉杓子《たまじゃくし》を手に子供たちへ甘酒をふるまう世津子がいた。

さすがに世津子は敏《さと》く、夫の様子を瞬時に察した。玉杓子を隣の女性へまかせる。割《かっ》烹着《ぽうぎ》の裾《すそ》をさばいて、こちらへと駆けてくる。

「お父さん、どうしたの？　黒沼さまがなにか？」

「どうも、世津子さん」

部長は満面の笑みで片手を上げた。

「急ですみませんが、うちのサークルメンバーが来ちゃいました。彼らもお祭りに参加させてやってもらえません？　この子たち、三度の飯よりお祭り好きなもんで」

「え、はあ、でも」

戸惑い顔の世津子と和史に顔を近づけ、部長は低くささやいた。

「大丈夫です。向こうの神事には、もちろん黒沼の者しか参りませんから」

ほっと世津子の肩から力が抜けた。

「ああ、それなら……」

夫の和史と目を見交わす。

部長がにこにこと揉《も》み手《で》した。

「それでですね、重ねがさねお手数をおかけしますが、うちの部員たちに村内を案内してあげてほしいんです。この子たちはお祭りも好きですが、それ以上に民俗学や土着の民間信仰が大好物でしてね。そっち系のネタさえ与えておけばご機嫌な子たちですから、ここはなにとぞひとつ」

みるみる勝手なキャラ付けがされていく。しかし異を唱えるわけにもいかず、森司たちは黙って突っ立っていた。

世津子と和史が顔を寄せ、ぼそぼそと小声でささやきあう。

やがて和史が笑顔で向きなおり、部長に向かって一礼した。

「承知いたしました。では僭越《せんえつ》ながら、わたしがみなさまをご案内させていただきます。まずは社務所のほうへどうぞ」

その隙に、世津子が甘酒の鍋へと素早く戻る。

彼女の背を見送って、森司は空を見上げた。

雪国の冬空は、夕暮れの時刻だろうと茜《あかね》に染まらない。陰鬱《いんうつ》な灰白色が空の端から、ゆっくり夜のとばりに呑みこまれていくだけだ。

――そしていままさに、夜が来ようとしている。

儀式までに益弘さんを見つけなくちゃ。

あらためて決心しつつ、森司は和史にうながされて歩いた。

八畳間ほどの広さの社務所だった。

脚をたたんだ座卓やパイプ椅子が壁に立てかけられ、手前では灯油ヒーターが点《つ》いている。

奥の二畳ほどのスペースには、オシラサマの形代がまだどっさり積んであった。女衆が形代に着物を着せたり脱がせたり、膝《ひざ》を突いた姿勢で黙々と作業している。

——烏丸理市はどこだろう。

森司は窓の外をちらちら横目でうかがった。櫓のそばで立ち働く男、熱燗を手に目を細める男。一人一人、順に視線を走らせていく。

——烏丸は、確かにこの村のどこかにいる。

やつ自身の記憶によれば、やつは村とは縁つづきらしい。偽名で住みついている可能性もなくはなかった。とはいえ烏丸理市を見つければ、おのずと益弘にもぶつかるはずだ。

——益弘さんは必ず、烏丸のもとへやってくる。

「こちらが三十三年前の祭事です」

壁いちめんに飾られた写真の額を、和史が指した。

十枚近くあるだろうか。白黒と、色褪《いろあ》せたカラー写真とが混在していた。

「ああ、これ、若い頃の祖父ですね」

部長が声を上げた。

見ると、肩幅の広い長身巨軀《きょく》の男が写っていた。白い麻の背広に、同じく白のパナマ帽を斜にかぶっている。

日本人ばなれした彫りの深い顔立ちだ。眉と目の間隔がせまく、頬骨が高い。濃い眉はきつく寄せられ、鋭い目つきがカメラをまっすぐ睨《にら》んでいた。

「……泉水さんそっくりですね」

森司は嘆息した。

だが泉水より表情がきついせいか、はたまた白黒で陰影が深いせいか、美男子ぶりがさらに際立っている。昭和初期の銀幕スターです、と言っても通りそうであった。

「でも、似てて当たり前よね」藍が言う。

「部長のお祖父《じい》さんなら、泉水ちゃんにとってもお祖父さんだもの」

「そんな気は、さっぱりしねえんだがな」

どうでもよさそうに泉水が言った。

社務所を出ると、すでに空の端が暗かった。

「なんだか、あっちだけ曇ってません？」

森司は東南の空を指した。その一部だけ、不自然なほど暗雲が立ちこめている。

「あのあたりで神事がひらかれるんでしょ」

さらりと部長が言った。

「古来よりスサノヲは、雷をともなう嵐や暴風雨の神と言われてきた。きっと、太陽も月もないところにあらわれるんだろうさ」

「神事のほうはおまえにまかせた。八神、おれたちは益弘さんを捜すぞ」

泉水が森司に顎《あご》をしゃくる。

部長は残りの部員を振りかえった。

「じゃあ藍くん、こよみくん、鈴木くん。きみたち美形組は目立つから、このまま和史さんと観光ツアーをつづけてよ。せいぜい愛想よくふるまって、村のみんなの目を引きつけといて。ぼくは世津子さんと神事の場に向かうから」

「お、おれも八神さんたちと行きます」

純太が手を上げた。

「親父を捜さないと。それにもしものときは、おれが体を張ってでも止めます」

「いや、きみは……」

そう部長が言いかけたときだ。

鳥居の列をくぐり、境内に走りこんでくる影があった。森司は目をすがめた。

だが烏丸ではなかった。益弘でもない。

女性であった。

――この人も、見たことがある。

やはり泉水の記憶を通してだ。そう、確か世津子の娘で、名前は――。

梨世だった。彼女は脇目もふらず、まっすぐに世津子のもとへ駆け寄った。割烹着の袖《そで》を摑《つか》み、なにごとか早口で訴えている。

世津子の顔いろが、目に見えて変わった。

気づいたらしい部長が、世津子たちに向かって一歩踏みだす。

しかしこちらから近づくまでもなかった。梨世が駆け寄ってきた。ダウンコートの前は閉めず、手袋もしていない。頬と目もとが引き攣《つ》れていた。この寒さにもかかわらず、額に汗を浮かべている。

「こ、心紹を――うちの子を知りませんか」

うわずった声で、梨世は言った。

懸命に声を抑えようとしているのがわかる。騒ぎを大きくすまい、周囲に気取られまいとしている。

「うちの心紹を、知りませんか？　あの子ったら、どこにもいなくて――。い、いやな予感がするんです。ああ、どうしよう。心紹にもしものことがあったら、わたし、どうしたらいいの……」

後半は独り言に近かった。

森司の背がざわり、と波立った。

この台詞《せりふ》。聞いた覚えがある。そうだ。泉水たちと〝洞《うろ》〟に落ちたとき、薄闇から覚《かく》醒《せい》する寸前に聞いた叫びとひどく似ている。

「梨世さん、落ちついて」

部長が制した。

「なぜいなくなったと思うんです。友達の家にでも、遊びに出かけたのかもしれませんよ。どうしたんですか」

「遊びになんか、あの子が出るわけありません。今日は大事なお祭りだって、わたしかお祖母《ばあ》ちゃんのそばにずっといろって、あれほど言い聞かせておいたんだもの。それにコートもブーツも、母屋に全部あるんです。お、おまけに」

梨世の瞳《ひとみ》に恐怖が灯《とも》った。

「漣さまも、いないんです。——警察が諦《あきら》めるまで、母屋に閉じこもってやり過ごすんだ、と言っていた、あの漣さまが」

「梨世。しっ、静かになさい」

娘を追って駆けてきた世津子が、梨世に向かって唇に指を当てる。

「なにを言ってるの。そんなこと大声で言っちゃ駄目」

「で、でも、お母さん」

梨世は首を振った。

「わたし、怖いの。いやな胸騒ぎがしてたまらない。胃のあたりがざわついて。心臓が痛くて。わ、わたし、こんなことははじめて――……」

「梨世」

世津子がいま一度、梨世を諌《いさ》める。娘の腕を摑んだ拍子に、その肘《ひじ》が、かたわらの森司にかるく触れた。

その刹那《せつな》。

びりっと電流が走った。世津子が触れた上腕から、瞬間的に駆け抜けた電流だった。

「――あ……」

森司は一瞬、棒立ちになった。

それは衝撃であり、〝力〟であり、同時に記憶だった。

まじまじと、森司は世津子を見つめた。

「そうか――。そうか、あなた、が」

声がかすれた。

「……あなたが、三十八年前の子なんですね。……幼い頃の烏丸が目撃したのは、あなただったんだ」

「え？」

世津子が目をまるくする。

森司はほぼ無意識に、泉水に向かって手を伸ばしていた。彼の手首を取り、きつく握る。ぴりっと電流がふたたび走り、泉水に〝伝わった〟のがわかった。

数時間前に泉水が聞いたはずの言葉が、森司の脳裏で再生される。

――わたしの母の父、わたしにしたら母方の祖父は、せんも言ったとおり家族に暴力をふるう人でした。

――たまりかねて祖母は離婚し、あちこち転居した末に、又従兄《またいとこ》が住むこの村を頼って永住した、というわけです。

泉水が梨世を見やった。

「じゃあ、二十年前の子供のほうは……、あなたか」

声音に驚愕《きょうがく》があった。

「鳥居に触れたとき、視た記憶だ。二十年前、指名手配されて追われた烏丸は、少女殺しにいたる原体験の森を再訪した。そしてかつての少女とそっくりな、あなたと出会った――。なるほどな。母子《おやこ》なら、似ていて当然だ」

「世津子さん」

部長が世津子に向きなおった。

「予定変更です。どうやら悠長にやっている場合じゃなくなった。いますぐ神事について、くわしく教えてください。セオリーを崩したくない気持ちはわかります。でもあなただって、お孫さんを無事に取りもどしたいでしょう」

「え――？　あの、でも」

世津子がうろたえ、口ごもった。

部長が森司たちを振りむく。

「泉水ちゃん、八神くん。いますぐ白葉家の母屋に向かってほしい。たぶん敷地内で、なにかしら騒ぎが起こっているはずだ。ぼくは世津子さんから神事について聞きだしたあと、合流する。藍くんたちは、ごめんだけどぼくに付き合って」

5

＊二月十一日　午後四時四十一分

――いったい、どこで間違ったのだろう。

白葉福江はそういぶかっていた。

可愛い漣の嫁に、いたらない小娘を迎えてしまったときか？　小娘が男の跡取りを産まなかったとき、すぐに追いだしてしまうべきだったのか？

いやそれとも、漣の愛人に好きなようにやらせすぎたのか。でも小娘がまさか、あんなに強硬に離婚したがるとは思わなかった。

まったく、たいした家柄の娘でもないくせに。拾いあげてやった恩も忘れて。いまどきの女は駄目だ。どいつもこいつも身のほどをわきまえない。

権利だの法律だのと、こざかしい台詞ばかり並べて盾ついてくる。生意気にも弁護士まで雇って。いったい何さまのつもりなのか。

——わたしは、耐えてきたのに。

それが普通だったのに。

ああ、あの頃はよかった。すべてのものごとが単純だった。自分の頭で考える必要なんてなかった。夫と父の言うことさえ、はいはいと聞いていればよかった。

不満？　不満なんてない。

——だって、わたしには漣がいた。

大事な大事な漣。あの子さえいれば、夫なんてどうでもいい。もともと好きで結婚した相手じゃない。父に命じられたから、嫁いだだけだ。

なに不自由ない生活が送れるぞ。おまえは素封家の奥方さまになるんだ。そう言われて輿入《こしい》れした。

実際、父の言うとおりだった。暮らしに困ったことなんてない。息子を産んでしまえば、あとは安泰だった。生活の八割は好きにできた。

夜の苦行もなくなった。夫は彼女の寝所に通うどころか、家にすらろくに寄り付かなくなった。せいせいした。

残りの人生を、福江は心置きなく漣を愛することに費やした。すべてを息子に捧《ささ》げてきた。

——なのに。

「母さん、どうしよう」

あの日の漣は、途方に暮れた顔で泣きついてきた。

面会交流権を言い立て、「ひさしぶりに椿紀と会う」と出かけていった漣は、なぜか当の椿紀を連れ帰ってきた。

いや、そこまではよかった。でかした、とさえ思った。

なのに数時間後、あの小娘が——、香苗があらわれた。

漣が念を入れてバッグごと奪ったというのに、ヒッチハイクして村まで追ってきたという。そう聞かされ、福江は怒りで目がくらんだ。どこまでいけ図々《ずうずう》しい、無礼な、恥知らずな女なのか。そう憤った。

——あんな女、殺されて当然だ。

しかし漣のほうは、すぐにそうとは割り切れなかったようだ。

「どうしよう、母さん。……殺しちゃった、どうしよう」

漣は顔をくしゃくしゃにし、両の手で髪を掻《か》きむしっていた。

たったいま、元妻の香苗を絞め殺したばかりの両手であった。「娘を返せ」と香苗に詰め寄られ、かっとなって殺してしまったのだという。

「埋めましょう」

福江は即答した。

「埋める場所なら、うちの所有地にいくらでもある。大丈夫よ。隠しとおせるわ。女が一人いなくなるくらい、珍しいことじゃない。――心配しないで。母さんが、きっとおまえを守ってあげますからね」

椿紀はひとまず、奥の土蔵に隠した。オウマサマがおわす土蔵だ。

警察は何度も来た。だが、ばれるはずはなかった。

この村にはオシラサマの加護がある。だからこそ、オウマサマの存在そのものを何百年も隠しおおせてきたのだ。たかが田舎警察ごときに、どうこうできる筋合いではなかった。

――でも、県警本部長が替わったことは不運だった。

冷えた床に爪を立てつつ、福江は思う。

人事だかなんだかよく知らないけれど、前の本部長さんは夫と昵懇《じっこん》だった。前の人のままなら、あんなに刑事どもはうるさくなかったに違いない。

――そしたらきっと、こんなふうにはならずに済んだ。

そう福江は内心でつぶやく。

神社で祭事が進む中、彼女は土蔵の中にいた。

へたりこんで膝《ひざ》を突き、目の前の光景に呆然《ぼうぜん》としていた。

土蔵の大扉が開いている、と気づいたのは二十分ほど前だ。そのときはさして気にとめなかった。

どうせ今日は神事の夜だ。神事の準備については和史たちにまかせている。オウマサマを移動させているのね、としか思わなかった。

――だってあんな汚れ仕事、本家がするものじゃあない。

わたしと漣は立ち合いだけすればいいのだ。儀式を黒沼さまに見届けさせ、歓待や雑用は和史にまかせておけばいい。

夫だって、それでよしと言っていた。

――三十三年前と同じく、滞りなく終わるはずだったのに。

なのにどこかで歯車が狂ったらしい。たてつづけに問題が起こっている。

一番の問題は、漣の姿が消えたことだった。

息子を捜して彼女は庭に降り、土蔵まわりの異変に気付いた。

土蔵の中はひんやりと暗く、むっとするような獣臭に満ちていた。中扉の格子戸も、板戸も開けはなたれているが、こもった臭気はいまだとぐろを巻いたままだ。

――檻《おり》が。

福江は口を手で押さえた。

土蔵の奥の檻がひらき、からっぽだった。

そんなはずはなかった。事前の計画では、この檻ごとオウマサマを神事の場へ運ぶと聞かされていた。

しかし、異変はそれだけではなかった。

檻の手前に、オウマサマが倒れていた。死んだように動かない。ぴくりともしない。床に血痕《けっこん》が点々と散っている。そして彼の手は、見覚えあるカシミアのマフラーを握りしめていた。

漣のマフラーだった。福江は悲鳴をこらえた。

見間違えるはずはない。わたしが買ってあげた、ディオールのカシミアだ。この渋いダークグリーンは、あの子のお気に入りだ。

――漣はどこ？

福江はその場にへたりこんだ。

オウマサマは死んだの？　ならば今夜の儀式はどうすればいい？　あの血痕はなに？　漣はどうなったの？　まさか、漣が今年のオウマサマを殺した？

――だとしても不思議はない。

だってあの子は、すでに一人殺している。己の元妻を殺し、わが子をも手にかけようとして、すんでのところで逃がしている。

一人殺しても二人殺しても同じだ。そう自棄《やけ》になったとしても、あの子の性格からしてけっして意外ではない。

――ともかく、漣を捜さなくちゃ。

そう思い、福江が立ちあがりかけたとき。

背後から影がさした。

福江は反射的に振りかえった。

見知らぬ男がそこに立っていた。幽鬼のごとく痩《や》せた男だった。顔いろが悪い。目が落ちくぼんでいる。長身を、茄子《なす》紺《こん》のスノージャケットに包んでいる。

――警察？

福江は真っ先にそう思った。理屈ではない。警察の臭いのする男だった。

だが二人組でいつも来る警察官ではない。顔が違う。年齢も、もっとずっと上だ。

男は福江を通り過ぎ、大股《おおまた》で土蔵に踏みこんでいった。

倒れているオウマサマに近づき、無造作に仰向けにする。その首に、脈を取るように指を当てる。

男は顔を上げ、福江に怒鳴った。

「――烏丸は、どこだ！」

「え？　……あ、え」

福江は戸惑い、口ごもった。

「どういうことだ！　儀式のために土蔵を開けるのは、五時きっかりのはずだろう！　あんたの義弟から、おれはそう読んだぞ！　烏丸理市はどこへ逃げた！」

なんだろう、この人、なにを言ってるんだろう――。

男の剣幕に気圧《けお》され、福江は後ずさった。その拍子につまずき、床へふたたび尻《しり》を突く。尻で這《は》うように後ずさる。

男が近づいてきた。

手を伸ばす。福江の肩に触れる。

ちっ、と男が舌打ちした。福江を放し、やはり大股で男は土蔵を出ていった。

振りむきもせず駆け去る。迷いのない足どりだった。

あとには呆気《あっけ》にとられる福江と、オウマサマと、冷えた闇だけが残された。

6

＊二月十一日　午後四時五十八分

泉水と純太とともに、森司は白葉家の土蔵の前に着いた。

最奥に建つ土蔵の大扉は、とうに開けはなたれていた。床に男が仰向けに倒れている。

その脇では、女がへたりこんで放心していた。

土蔵の中には木製の檻があった。

時代劇などでよく見る牢《ろう》に近い。座敷牢、という言葉が森司の脳裏に浮かんだ。やはり入口がひらき、ごつい南京錠が床に落ちている。

泉水が男にかがみこみ、その首に指を当てた。

「弱いが、脈はあるな。生きてる」

男の右頬には大きなほくろがあった。森司は泉水を見やった。

「烏丸理市――、ですよね？」

「いや、違う」

泉水がかぶりを振る。

「こいつは、ガワだけのがらんどうだ。新たな犠牲者が出なかったのも道理だぜ。こいつは二十年間、ずっとここにいたんだ」

「幽閉されてたってことですか？　どうして、誰がそんな」

言いかけて、森司ははっと気づいた。

「儀式のため……ですか」

「だろうな」

泉水は渋い顔でうなずき、

「ここで二十年間、烏丸は飼われていた。というか〝培養〟されたわけだ。肉体は衰えたが、中身は環境に適応していった。儀式にうってつけの生き物に、おそらくは思念だけの生き物に変容していった。だが正しい儀式の時間が来る直前に、勝手に檻から出した不届き者がいるらしい」

言葉を切り、土蔵の外へ目をすがめた。

「おれが思うに、烏丸はそいつの体を乗っ取って逃げたようだ」

「の、乗っ取ったって」

それまで放心していた女が、突然声を上げた。

「漣よ。檻を開けたのは、きっとうちの漣。ねえ、うちの子、どうなったの。さっきもおかしな男が来て、それで——。ねえ、乗っ取ったってどういうことなの」

——この女。

女が誰なのか、森司はようやく気付いた。

澤北香苗の記憶で視た顔だ。白葉福江。香苗の、かつての姑《しゅうとめ》。なんとしても椿紀を取りもどせと、息子の漣に命じた女——。

かっと森司の脳が熱くなった。

怒りの炎だった。

わずかな間ながら、森司は香苗と同化した。彼女の感情に、記憶にぴたりと寄り添った。他人事《ひとごと》ではなかった。香苗の怒りと無念は、その瞬間、完全に森司のものだった。

「……香苗さんは、どこです」

森司は奥歯を軋《きし》らせて言った。

「彼女の遺体はどこなんです。息子の尻拭《しりぬぐ》いは、あなたがしたんでしょう。いったいいま、彼女は——」

形相が変わっていたらしい。福江が「ひっ」とちいさく叫ぶ。

だが森司がそれ以上詰め寄る前に、

「やめろ」

泉水が短く止めた。

「気持ちはわかる。だがその追及はあとだ、八神」

「でも……」

「三十八年前の烏丸の記憶を、おまえも視ただろう」

森司はぎくりとした。

てきめんに怒りが引いていく。ゼロコンマ数秒で、頭がすうっと冷える。

「烏丸理市は儀式のために、この牢で〝培養〟されていた。肉体は過酷な環境と加齢で衰え、精神もあとほんのすこしで消え失《う》せ、木偶《でく》同然になる予定だった。いまの烏丸にかろうじて残るのは、かつての妄執だけだった。やつが長年取り憑《つ》かれてきた、三十八年前の光景だけだ」

「ええ——、そうですね。はい」

森司はまぶたを伏せた。

怒りが引いた頭を、意思の力でなんとか回転させる。

「烏丸の妄執は、いまだ三十八年前に見た少女に向いているんですよね。つまり、世津子さんだ。世津子さん、梨世さんときて、そして——」

彼は言葉を押し出した。

「梨世さんの娘さんだ。心絽ちゃんという子」

「親父は？」

純太が叫んだ。「うちの親父は、どうなったんです」

「むろん、烏丸を追ったはずだ」

泉水が答えた。

「ここへ来たという〝おかしな男〟が益弘さんだろう。サイコメトリーの能力で、彼は村人の記憶を読み、烏丸がここにいることと、時間になれば土蔵の大扉が開くことを知った。そのときを待って、彼は烏丸を奪取するつもりだったはずだ。だが白葉漣がよけいな真似をしたせいで、その予定は狂っちまった」

「白葉漣は、なぜ土蔵へ来たんでしょう」と森司。

「おそらくは警察の手が迫ったせいだろう。村の守り神にすがりゃ、なんとかできると思ったんじゃねえか」

泉水が吐き捨てた。

「村の雑用を次男夫婦に押しつけて、汚れ仕事を遠ざけたのが災いしたな。お坊ちゃんは儀式のなんたるかを、半端にしかわかっちゃいなかった。そこの奥方さまもきっと同様だ。……おれん家《ち》は和史さんと同じ立場だからな。悪いが、坊ちゃんには反感しかねえ。心配なのは、あの子だけだ」

心緒のことだろう。森司は「ですね」とうなずいた。

泉水が純太に向きなおる。

「落合、おまえはここに残れ。奥方さまが逃げださないよう見張ってろ」

「えっ、そんな。おれも行きます」

純太が悲鳴じみた声を上げた。

「親父を追わなきゃ」

「駄目だ」森司はぴしりと言った。

自分でも驚くほど、厳しい声が出た。

「おれは益弘さんと繋《つな》がってる。だから、わかるんだ。益弘さんは、きみが来るのを望んでいない。むしろ見ないでほしいと願っている。――ここにいてくれ」

「でも」

「駄目だ。わかってくれ。益弘さんの望みなんだ」

純太が反駁《はんばく》を呑《の》んだ。やがて、ゆっくりとうなだれる。

森司は泉水と目を見交わした。

そして庭さきに駐《と》めたクラウンへと、同時に駆けた。


泉水のクラウンは、神社に向かって疾走した。

鳥居の手前で部長たちは待っていた。運転席のウインドウを下げ、泉水が指示を飛ばす。

「藍とこよみは、そっちの坂を下っていけ。覆面パトカーのアテンザがどこかに停まってるはずだ。刑事が二人乗っているから、『白葉福江が、澤北香苗の死体遺棄について自供する』と伝えろ。いまの福江なら、ちょっとつけば簡単に吐く」

「わかった」

藍がこよみを連れて走りだす。

その間に部長がクラウンの助手席に、鈴木と森司が後部座席に乗りこんだ。

「世津子さんは神事に参加しないそうだ。ただ『男衆に命じて、儀式を早めさせる』とは約束してくれた」

部長が早口で言う。

「正直に言うと、迷ってるよ。社会常識に照らせば、ぼくは儀式そのものを止めるべきなんだろう。とはいえ黒沼家次期当主としてのぼくは、ゲストとして今夜の儀式を見届けることを是としてる。――それに世津子さんは、心紹ちゃんの祖母だ。孫娘をさらわれた彼女に、ぼくはなにも言えない。儀式を取りやめさせて、あとは警察にまかせましょうなんて、とても言えない」

「いまは心紹ちゃんを取りもどすことと、益弘さんを止めることだけを考えましょう」

森司は言った。

エンジンのアイドリング音が、やけにうるさい。

「たぶん益弘さんは、ぎりぎりまで迷っていた。儀式の前に烏丸を殺すか、それとも捕縛して警察に逮捕させるか、決めかねていたと思う」

部長が指を組んだ。

「だが予定が狂った。烏丸は白葉漣という肉体を得てしまった。おまけにかなわなかった〝三十八年前の妄執〟を晴らすべく、心絽ちゃんをさらった。益弘さんがもっとも恐れるのは、新たな犠牲者を出すことだ。烏丸を殺す、と益弘さんは心を決めてしまっただろう。頭の中にはいま、覚悟の念しかないはずだ」

「駄目ですよ。それだけは阻止しないと」

森司は叫んだ。

「心絽ちゃんを助けたいし、それ以上に益弘さんを人殺しにさせたくありません」

ほんのいっときながら、森司は澤北香苗に同化した。彼女自身の怒りを白葉福江に向けた。その感覚が、いまも体に残っている。

つらい体験だった。泉水がすぐに止めてくれたものの、神経がごっそり削られた。

――この体験を、益弘さんは繰りかえしているんだ。

いま頃どれほど疲弊し、困憊《こんぱい》しているか。想像もつかなかった。

「八神さん」

隣から肩を叩《たた》く手があった。

振りかえる。鈴木だった。

「わかります。――おれも、わかりますから」

あたたかい手だった。

森司の体から、ふっと力が抜けた。そうだ。そういえば澤北香苗と最初に同調《シンクロ》したのは鈴木だった。

彼も同じ思いなのだと知って、くすぶっていた怒りが、ようやく完全に引いていった。

森司は声を落とした。

「……とりあえずは、行き先ですよね。烏丸たちがどこにいるのか。おれたちは、どこに向かえばいいのか……」

「あそこだ」

言いかけた森司を、部長がさえぎった。

フロントガラス越しに、空の端を指さしている。

「スサノヲだ」

東南の空に垂れこめていた暗雲が、移動しつつあった。

強い風もないのに、雲が走っている。とぐろを巻いた黒雲が、肉眼でとらえられる速さで北へと動いている。

「スサノヲ――というか、スサノヲと呼ばれたがるものが、烏丸を追っているんだろう。彼は、オウマサマだからね」

「どういう意味です」森司は問うた。

しかし答えはなかった。また森司も求めなかった。

クラウンから見て右に立ち並ぶ常緑樹が、ざざざ、と音をたてて揺れはじめたからだ。

――木が。

なびいている。森司は瞠目《どうもく》した。

風はない。すくなくとも、木をしならせるほどの強風など吹いていない。

しかし木がいっせいに傾き、葉を鳴らして、ある方向へと大きくなびいていた。指している、と言ってもいい。葉に積もった雪が、いっせいに道路へと雪崩《なだ》れ落ちる。

「……オシラセサマだ」

部長が唸《うな》った。

「オシラサマを祀《まつ》る村ではその昔、狩人《かりゅうど》は毎朝『今日は山のどの方向に行けばよいか』と形代に尋ね、その馬面が向いた方角へ出かけたという。……だからオシラサマは、別名をオシラセサマとも呼ばれた」

泉水がアクセルを踏んだ。

型落ちのクラウンが走りだす。木がなびく方角に向かって、迷いなく進んでいく。

「スサノヲは木の神さまでもあるって、ぼくはさっき言ったよね」

部長は泉水に向かって言った。

「『古事記』には高木神《タカギノカミ》という、これもまた謎の多い神が登場する。なんらの説明もなしに、なぜか天《あま》の安《やす》の河原《かわら》で天照大神と対になって座していたり、天への反逆者である天若日子《アマノワカヒコ》に対し天誅《てんちゅう》の矢を投げおろす。あたかも神の代表でもあるかのようにだ。この矢は、一説には雷だとも言われている」

「天照大神と対の存在。雷。スサノヲのモチーフだな」

泉水が相槌《あいづち》を打つ。

「そのとおり。でも『日本書紀』には、このタカギの名を冠した神は出てこないんだ。タカギもまたみだりに名を呼ばれたくないか、正しい御名《みな》を忌避する神なのかもしれない」

クラウンが小路を左折した。庭木が揺れる。

住宅街に入った。

葉を落とした柿の木が、冬囲いされたはずの松が、生垣が、いっせいに揺れる。身を傾けるがごとく、弓なりに大きく幹をしならせる。

「人ならざるものが真の名で呼ばれて魔力を失くす民話や、相手の軍門にくだる神話は世界各国で見られる。西遊記の『金角銀角《きんかくぎんかく》』や、グリム童話の『ルンペルシュティルツヘン』が代表格だね。正しい名には、聖魔を制す力があるんだ」

「スサノヲも高木神もオシラサマも、同じってわけだ。ある種の神がみをあらわす、便宜上の名に過ぎない」

泉水は唸った。

クラウンが住宅街を抜け、常緑樹が立ち並ぶ道に入る。

部長がつづけた。

「陣内《じんない》トキ子《こ》教授の騒ぎのとき、ぼくは聖木伝説について長々と語ったよね。一説によれば高木神の存在は、日本にも〝生命の木伝説〟または〝世界樹伝説〟があった証拠なんだそうだ。ともかくスサノヲ、高木神、オシラサマ。これら謎の多い神が、すべて木にゆかりある神だってことは、きっと偶然じゃな——……」

車内に、静寂が落ちた。

驚嘆と恐れを帯びた静寂であった。

雪をかぶった常緑樹の葉が揺れ、ゆがんでいく。あちこちがへこみ、あるいは隆起する。それは蠢動《しゅんどう》に近かった。表面がざわざわと波打ち、見る間にかたちを変えていく。あらわれたのは、くっきりと鮮明な、人の顔だった。

目がくぼみ、鼻が盛りあがり、唇が切れこんでいる。

枝葉の凹凸《おうとつ》が、巨大な顔を成している。

クラウンが進むごとに、次の木が、また次の木が、顔のかたちに隆起する。葉の影でできた目玉が、ぎょろりと右に動いて進行方向を指ししめす。

「な、——……」

言葉を失った森司の前方で、

「——敵じゃねえなら、ひとまずよしとするか」

泉水が低く言い、ハンドルを右に切った。

7

＊二月十一日　午後五時十七分

「いまから三十八年前、まだ十歳の烏丸理市は、法事で白良馬村を訪れた」

窓の外を見ぬよう、顔をそむけつつ部長が言った。

「当時の村には、いまは亡き彼の曾祖母《そうそぼ》が住んでいたそうだ。ともかく彼はその日、その後の一生を左右させた光景を目にする。烏丸の原体験であり、その後のセクシャリティを決定づけた光景だ」

「少女が首を絞められる現場ですね」

後部座席から身を乗りだし、森司は相槌を打った。

「益弘さんを通して、おれも見ました」

「そのようだね。だがその少女は間一髪で助けられ、親戚《しんせき》を頼って村に定住することになる。さらに長じて白葉の次男坊と結婚し、彼女は白葉世津子となった」

「首を絞めていたのは、世津子さんの実父か」

泉水がさらにアクセルを踏みこんだ。

「梨世さんが言っていたな。『母方の祖父は家族に暴力をふるう人でした。たまりかねて祖母は離婚し、あちこち転居した末に』云々《うんぬん》と。彼は逃げた妻子を追ってこの村へ現れ、娘をさらったものの、村人に取り押さえられた。――その後、世津子さんの実父はどうなったんだ？」

「世津子さんは『知らない』と言ってた。『その後どうなったか、わたしは聞かされていません』とね。でも薄うすは悟っているようだったよ」

道がくねり、細くなっていく。

「ぼくの予想では――というか十中八九確かだろうけど、世津子さんの父は、三十三年前の儀式のオウマサマにされたんだ」

「なんなんですか、それって？」

森司は率直に訊《き》いた。

「村の神さまが、みだりに名前を呼ばれたがらないことはわかりました。スサノヲやオシラサマの名を当てるのは、あくまで便宜上らしいことも。でもオウマサマっていうのは、神とはまた違うものなんですよね？」

「そうらしいね。荒神スサノヲと馬には、古来より不思議な関係がある。スサノヲは馬の生皮を剝《は》ぎ、機屋《はたや》に投げこむことで日蝕《にっしょく》を引き起こした。またこの国本来の都であった京都には、和御魂《にぎみたま》のスサノヲと荒御魂《あらみたま》のスサノヲをひとつにさせる祇園祭《ぎおんまつり》がある。この祭りに欠かせないのは、駒形稚児《ちご》だ。稚児は木で彫った馬を首から下げるならわしで、この馬は荒御魂を鎮める御神体とされる」

「一方、白良馬村のスサノヲは馬の姿をしてあらわれ、花嫁の娘を馬の背に乗せて飛び去った——か」

泉水が言う。

「馬とはスサノヲの使者なのか？　いや、相性のいいツールってとこか」

「使者であり、ツールであり、ときには化身ともなるね」

部長が答えた。

「W・G・アストンがスサノヲを『日本神話中の犯罪者の巨頭』と称した、って話はもうしたよね？　天界では悪党だったスサノヲは、天下《あまくだ》ってからは英雄となる。この図式と同じだ。スサノヲサマに使役されるオウマサマは、おそらく普通の人間ではなれない。悪人、乱暴者、犯罪者……。それに類する人間をあの檻《おり》で飼って調伏《ちょうぶく》し、儀式の日までに神の使いに変えるんだ」

「烏丸理市が選ばれた理由はそいつか」泉水が舌打ちした。

窓の外でざざ、と音をたてて木立が揺れる。

森司は必死にそれから目をそらし、

「二十年前、指名手配されて追われた烏丸は、この村に逃げこんだんですね。そして世津子さんの娘である、梨世さんに遭遇した」

と言った。

「母娘《おやこ》だけあってよく似ていた梨世さんに、やつは記憶を重ね、よからぬ思いを抱いた。

梨世さんを襲おうとし、逆に村人に捕縛されたんですね」

「狭い村の中じゃ、そうそう犯罪者が出るとは限らないからね。富は治安のよさを同時にもたらすから、なおさらだ。そして世津子さんの父親も烏丸も、村にゆかりの人間でありながら、同時に客人《マレビト》でもある。まさにウマにうってつけの存在だったろう」

「世津子さんの父親は、どないしたんでしょう」

鈴木がつぶやいた。

「儀式に使った、そのあとはどうなったんです？　当時四十代なかばと仮定しても、とうに亡くなっとって不思議のない歳ですが……」

「まあ、存命とは思えないよね」

部長が短く応じる。

会話のつづきを封じるように、

「おい、近づいてるぞ。そろそろだ」

泉水が言った。

その声が聞こえたか、葉擦れがいっそう高く響く。行く手を導くように枝葉が作る巨大な顔が、グロテスクなほどくっきりと浮かびあがる。

「……神さま相手に、こう言っちゃ不敬なんだろうが」

泉水が呻《うめ》いた。

「正直、気色悪《わ》りいぜ」

まったくだ、と森司は思った。

その異様な顔には目鼻があり、人の顔によく似ていた。だがはっきりと、人間とは違うなにかがあった。

どこがどうとは指摘できない。しかし奇妙にバランスを欠いた顔であった。

――怖い。

森司は己の腕を擦《こす》った。二の腕にも背にも、鳥肌がびっしり立っていた。

その顔から、けっして怒りや憎しみは感じない。

だが、純粋に怖かった。

人の畏《おそ》れを本能的にかき立てる顔――同時に腹の底から、生理的嫌悪感をもよおさせる醜貌《しゅうぼう》だった。怖い、としか形容のできぬ顔つきであった。

「日本の神社は、聖なる神だけを祀《まつ》ってきたわけじゃない」

部長が言った。

「祟《たた》り神を祀り、その怒りを鎮めるための社も多い。平将門《たいらのまさかど》や菅原道真《すがわらのみちざね》がいい例だ。八《や》百万《およろず》の神は、必ずしも善《よ》きものばかりじゃあない。『古事記』にもあるように、人に畏れを抱かせるもの――〝可畏《かしこ》きもの〟こそがわが国の神なんだ」

いつの間にか、窓の外はすっかり夜だった。世界が漆黒の夜闇に包まれつつある。その底を、雪の白が支えていた。

凍えた黒白《こくびゃく》の世界を、クラウンはひた走った。

8

＊二月十一日　午後五時二十六分

雑木林を過ぎてさらに傾斜をのぼっていくと、ついに雪で進めなくなった。車を乗り捨て、歩く。

丘を越えたところで、視界の左右が緑に包まれた。

森だ。

深い森であった。むろん除雪車は入っていないが、木々が雪をさえぎるせいか、積雪はぐっとすくない。それでも膝下《ひざした》まで埋もれる高さに積もっていた。歩くたび、ブーツを履いた足がずぶずぶと雪にのめる。

「見ろ。あれだ」

泉水が前方を指す。

指の向こうを、森司は目で追った。

ぽっかりと雪のない一帯が、十数メートル先にひらけていた。剝《む》きだしの土肌が、ややいびつな円を描いている。

その中心に、男がいた。

――踊っている。

三十代に見える男だった。年齢に似合わぬぎくしゃくとした動きで、手足を振り、無様に飛び跳ねている。

腕と足の動きがばらばらだ。ときに体が大きくかしぎ、揺れる。膝ががくりと幾度も折れる。ひどく不均整で、いびつな踊りだった。

百々畝凪から聞かされた話を、森司は思いだした。

百々畝家では、少女が元旦《がんたん》に奥座敷の中をうかがう儀式があるという。凪の大叔母《おおおば》はその座敷で、笑いながら跳ねる子供を見た。憤怒に燃えながら、顔だけでにたにた笑う子供を。

――あれと、同じたぐいのものだ。

男は白葉漣の顔をしていた。だが中身は違った。

烏丸理市――いや、もと烏丸理市だったなにかであった。

それはすでに人間の思考を失くしていた。二十年間の幽閉の末に、烏丸は人ならざるものに変容していた。

「……心絽ちゃんだ」

部長がつぶやいた。

森司は目を凝らした。

踊る男のそばに、確かに少女が横たわっている。七、八歳の少女だった。その頬は真っ白で、ぴくりとも動かない。

「生きて――」

生きてますよね？　と問いかけて、森司はやめた。縁起でもない言葉は吐きたくない。いまは生きていると信じて動くしかなかった。

心絽のすぐ横には、ちいさな白骨が並べられていた。

頭蓋骨《ずがいこつ》、脛椎《けいつい》から胸骨、腰椎《ようつい》、上腕骨、橈骨《とうこつ》、腸骨、脛骨《けいこつ》、腓骨《ひこつ》――。人体そのままに、ひどく丁寧に並べてある。黄ばんだ古い骨であった。

「行方不明の、子やな」

鈴木が呻く。

森司も同感だった。二十年前、『磐越連続幼女殺人事件』の被害者ではと疑われながらも、遺体が見つからなかった少女。

確か、橘まどかという名だった。

――ずっと、ここにいたのか。

森司の奥歯がぎりっと鳴った。

高速道路で視た少女たちを思いだす。何度車線を変えても、追い越しても、先行車のリヤガラスからこちらを凝視してきた少女。

おそらくその一人が、橘まどかだった。

二十年間、彼岸に行けなくて当然だ。こんな暗い場所で、彼女はたった一人でここにいた。そう思うと、あらためて怒りが突きあげた。

──漣が、いや烏丸が並べたのか。

隠し場所から掘りだしてきて、人のかたちに並べたらしい。だが骨には足りない部分があった。右の大腿骨《だいたいこつ》がない。あるべきところに、その部分だけがぽっかり空白を作っている。

烏丸はぎくしゃくと踊りつづけていた。

「火が」

部長が声を洩《も》らす。

「神事の場で──火が、焚《た》かれはじめたようだ。……不思議だね。ぼくには霊感なんかないのに、なぜか感じる。わかるよ」

「ああ。おれにもわかる」

泉水がうなずいた。

「本来の場で、篝火《かがりび》が燃えはじめた。〝裏〟の儀式のはじまりだ」

おれは感じない。森司は思った。なにひとつ感じない。

それはきっと、自分が黒沼の者ではないからだろう。

代わりに、落合益弘を感じた。皮膚にひりつくほど、強く彼の存在を感じる。間違いない。益弘はすぐ近くにいる。

──でも、どこに。

踊る烏丸を凝視していた鈴木が、ぽつりと言った。

「あれはあれで、儀式やねんな」

低いが、明瞭《めいりょう》な声だった。

「儀式の理屈は、おれにはわかれへん。――けど、骨が足りひんことだけはわかるわ。あっこの骨が欠けとる限り、やつの望みはかなわへんねや」

「ああ……」

ああそうか、と森司は悟った。

心組も橘まどかも、烏丸の三十八年越しの妄執をかなえるための供物だ。

烏丸はとうに烏丸ではない。人ならざるものの理屈に沿って動いている。あちらの世界の理《ことわり》で動いているのだ。

その代わりに、烏丸は本来あるべき知能を失っていた。いまの烏丸には骨が一部欠けていることも、それがどの箇所なのかも理解できない。

――もし揃ったら、どうなっていたんだ。

森司は額の汗をぬぐった。

それを知るすべはない。ともあれ森司はほっとしていた。心組が生きている確率が、おかげでぐっと上がった。

烏丸は先へ進めずにいる。やつの儀式がなんであれ、橘まどかの遺骨が揃わない限り、大いなる意思が〝発動〟することはない。

だがその刹那《せつな》。

冷えた夜気を、パイプオルガンの音が裂いた。

着信音だ。J・S・バッハの『小フーガ ト短調』であった。黒沼部長のコートのポケットから、鳴りつづけている。

烏丸の動きが止まった。

右肩をがくりと下げた奇妙な姿勢で、ゆっくりと振りかえる。

その顔が、夜闇にあざやかに浮きあがって見えた。

白葉漣の顔であり、体のはずだ。しかし、人の顔に見えなかった。顔と言うより、セルロイドの面のようだった。

つるりとして、ひどく無機質だ。人間の持つすべての情が、記憶が、剝《は》げ落ちた顔であった。見ひらいた目だけがやけに目立つ。いまにも眼窩《がんか》からこぼれ落ちそうだ。

パイプオルガンの音は止まない。森に響きつづけている。

「ぶちょ……」

森司が言いかけたとき、

「麟太郎！」

鋭い声がさえぎった。泉水だ。

途端、ぶつりと曲が止まった。

静寂が落ちた。

発信者が諦《あきら》めたのか、もっとほかの理由で着信音が止まったのかは不明だ。だが〝正しい名〟という言葉が、なぜか森司の脳裏を駆け抜けた。

──みだりに名を呼ばれたくないか、正しい御名《みな》を忌避する神なのかも。

──正しい名には、聖魔を制す力があるんだ。

それ以上考える余裕はなかった。

烏丸が突進してきた。

やはりぎくしゃくした動きだ。全身が大きく右にかしいでいる。だが速かった。さっきまでの不恰好《ぶかっこう》な踊りが嘘のように、彼は獣じみた速さで森を疾走した。

しかし烏丸が彼らを襲う前に、葉擦れが高く鳴った。

木立の間から、影が飛びだしてきた。

森司は思わず息を呑《の》んだ。

益弘だった。

茄子紺《なすこん》のスノージャケットに身を包んでいる。はじめて見るはずなのに、ひどく懐かしく思えた。

だがその頬は、げっそりと削《そ》げていた。サイコメトリーの記憶で視た顔より、十は老けて映った。

顔いろはどす黒く、目が落ちくぼみ、餓鬼のごとく痩《や》せていた。右手にハンティングナイフを、そして左手には黄ばんだ骨を握っている。

——大腿骨だ。

橘まどかの骨に違いなかった。

そのとき、部長が呻《うめ》いた。

「……——オシラサマが、来る」

うつろな声だった。

森司は頭上を仰ぎ、反射的に口を両手で覆った。覆わなければ、きっと彼はかん高い悲鳴を上げていただろう。

まわりの木々が——森じゅうの木立が、ざわざわ、ざわざわと鳴っていた。いや、蠢《しゅん》動《どう》していた。

例の顔が——道案内をした巨大な顔が、頭上いっぱいに広がりつつある。

その顔は笑っており、同時に憤っていた。

口もとは、仏像や神像に似た薄笑いを浮かべている。しかし双眸《そうぼう》は狂気に近い憤怒をたたえていた。

——神。

森司はその場に凍りついた。

全身の産毛が逆立ち、皮膚が粟立《あわだ》っているとわかった。喉《のど》の奥で、悲鳴が凝《こご》っている。

目をそらしたかった。だが、そらせなかった。

大いなるものが、確かにそこにいた。

しかし荘厳さより、恐怖と嫌悪感がはるかにまさった。醜い顔だった。にもかかわらず、どこか美しかった。痙攣《けいれん》的な美があった。そして、この上なく気味が悪かった。

人に限りなく似ていて、かつ人でないものは、これほどまでに不気味に見えるのか。そうあらためて思い知った。

――オシラサマを〝オシラセサマ〟。スサノヲサマを〝オウマサマ〟と呼ぶ年寄りもすくなくありません。

――またスサノヲサマ、オシラサマ、シランバサマの三つを合わせて〝オシラサマ〟と呼ぶ者もいます。

誰の言葉だったろう。森司はぼんやりと思いかえした。

そこにいるものはスサノヲであり、荒神であり、オシラサマであり、祟《たた》り神だった。

そのどれでもあり、同時にどれでもなかった。

完全に言いあらわせる名などないのだ、と森司は悟った。すくなくとも、人間の言語であらわすのは不可能な存在だった。

気づけば、烏丸が動きを止めていた。その場に棒立ちになっている。全身を強張《こわば》らせ、瘧《おこり》にかかったかのごとく震えている。

目を見ひらき、口を洞のように開けていた。こまかい泡まじりのよだれが垂れ落ちる。

夜気がびりびりと震えた。

頬に、森司は熱を感じた。いままさに、村のどこかで焚《た》かれている篝火の熱だった。神のための火だ。ここまで届いている。いや、荒神が連れてきたのか。

「――すでにこの村は、何百年も前に恩恵を〝受けとって〟いる。神から、もう受けとることはできない」

独り言のように、部長がつぶやく。

「神に感謝を示す儀式とは、〝返す〟儀式なんだ。つまり〝受けとった〟ときと逆をやる。こちらが、神の真似ごとをするんだ」

部長の言葉の意味は、森司にはわからなかった。わからないはずだった。しかし、なぜか脳に染みこんだ。言語としては理解できないのに、脳の原始的な部分に訴えかけてくるなにかがあった。

「馬の姿をした荒神と、女がつがうんじゃない。逆だ。……こちらがウマを用意し、荒神とつがわせる」

それがオウマサマか。森司は呆然《ぼうぜん》と思った。

スサノヲと相性のいい道具。触媒。使者。化身。

檻《おり》の中で飼い、培養する。スサノヲ、いや、オシラサマにふさわしい身となるまで。

――白葉家は、誤解していた。

その昔、荒神は告げた。おまえを花嫁に差しだすなら、この村と契ってやろう。村の子はわたしの子。わたしの血、わたしの肉と同然に守ってやる、と。

誰もが村人を、村を、子々孫々まで守ってくださるのだと解釈した。

だが、違う。

オシラサマは〝村〟という単位を守る神様ではない。あくまで子を、村の子を守る神なのだ。結果として、村までもが守護されるだけだ。

――子を守るもの。子を傷つけるもの。

森司たちの眼前に、その両者がいた。

益弘と烏丸だ。オシラサマがどちらを選び、加護するかは言うまでもなかった。

烏丸はやはり立ちすくんでいた。がたがたと痙攣しつづけている。

ゆっくりと益弘が、烏丸に歩み寄った。一歩一歩、踏みしめるように歩く。

その右手がナイフを放した。剝《む》きだしの土の上へ、音もなく刃《やいば》が落ちる。

「返してやる」

益弘は微笑んでいた。頭上いっぱいに広がるオシラサマと、そっくり同じ表情をたたえていた。

烏丸の肩に、彼は利き手をかけた。

「すべて、おまえに返してやる。――受けとれ」

烏丸が悲鳴を上げはじめた。

森司は思わず目を閉じ、顔をそむけた。

だが、無駄だった。感じた。びりびりと震える夜気とともに、すべてが伝わってきた。

烏丸はいま、益弘が視た記憶を〝返されて〟いた。

彼自身が殺した少女たちの記憶だった。追体験させられている。殺される前に少女たちが感じた恐怖、怯《おび》え、体を刺しつらぬいた激痛。苦悶《くもん》、流した涙、真っ黒な絶望のすべてを、われとわが身で味わっていた。

烏丸の絶叫が、森に響きわたった。

助けて、と彼は叫んだ。

痛い、耐えられない、とあえいだ。

死にたくないと涙をこぼし、嗚咽《おえつ》を洩《も》らし、やがて「殺して」と呻いた。殺して。もう殺してください、と。しかし哀願はむなしかった。三人目、四人目の苦悶が彼を襲った。

だが四人目の追体験で終わりではなかった。

めりめり、と烏丸の精神が裂けはじめた。

「――儀式の、本番だ」

部長のつぶやきが落ちた。

ウマとして、烏丸は神とつながっていた。荒神が彼の中に入っていく。

花嫁に対してするように、ではない。ウマはあくまで供物だ。供物をねじ伏せ、抵抗を押さえつけ、無理無体に奥の奥まで犯していく。

それは交合《まぐわい》であり、蹂躙《じゅうりん》でもあった。

精神が侵されていく。妄執だけのがらんどうだった烏丸の精神が、荒神につらぬかれ、裂け、一片も残らぬほどに壊されていく。

かつて烏丸だったものが、完全なる使役物に変えられていくのを、なすすべなく森司は見届けた。肉体の目でなく、心の目で見せつけられた。

「終わる――」

鈴木があえぐのが聞こえた。

その言葉どおり、すべてが終わりつつあった。烏丸が、いやウマが白葉漣の肉体から剝《は》がれていく。もぎ離される。

――三十三年に一度訪れる荒神は、ウマに乗って帰る。

文字どおりの供物だった。荒ぶる神を迎え、神とつがわせ、そして送るために、村人はウマを用意して待つ。

そのやりかたを村に教えたのは、弘和の世の黒沼家だ。

だからこそ黒沼の当主は、三十三年に一度の儀式を見届けにやって来る。ある種の疫病のように昏《くら》い種を撒《ま》いて広めた、その責任を負うかのように。

木立が激しく鳴った。

オシラサマの哄笑《こうしょう》が、全員の耳をふさいだ。

おそろしく不快な音だった。鳥の声のような、獣の夜叫のような、金属が軋《きし》るような、赤ん坊の泣き声のような、それでいて蚊の羽音にも似た、人の神経をささくれ立たせる声だった。

その声は数分つづいた。鼓膜越しに、森司の脳を摑《つか》んで揺さぶった。

耐えがたい時間だった。ひどく長く感じた。

あまりの長さに全身が震え、奥歯がガチガチ鳴った。両目から、ひとりでに涙が溢《あふ》れだす。

――もう、無理だ。

生身では耐えられない。これ以上は、無理だ――。

そう思った瞬間。

すべての気配が、ふっとかき消えた。

――っ、た。

森司の膝《ひざ》から、力が抜けた。思わずその場にしゃがみこむ。

終わった。

――た、助かった。

死なずに、心も壊れずに済んだ。

あんなものに出会い、一部始終を視てしまったというのに、だ。

――益弘さん側に、おれが立ったからか。

そして黒沼家ゆかりの者だったからか。

森司はとくに黒沼家と血縁関係はない。だが部長や泉水と、行動をともにしたことと無関係ではないだろう。すくなくとも邪魔者とは見なされずに済んだ。そこがきっと、肝心だったに違いない。

気づけば、かたわらに鈴木もへたりこんでいた。地に膝を付き、肩で息をしている。顔が真っ青だ。

「や、やがみ、さん」

「す——、すずき」

「よくぞ、ご無事で……」

「おおお、おまえこそ」

なぜかがっちりと握手してしまった。

ほぼ同時に、視界の端でなにかが揺れた。無意識に目で追って「あっ」と思う。益弘だった。

しかし彼が倒れる前に、泉水がいち早く駆け寄って両手で抱きとめた。

「——、は……」

益弘が長く息を吐いた。

「……腹が、減った」

万感の思いがこもったため息だった。

「すまんが、誰か……食い物を持って、ないか？　多めに買いこんできたんだが……、もう、食い尽くしてしまった」

「あ、おれ。おれ持ってます」

慌てて森司は挙手した。サービスエリアで買いこんだスナック菓子とおにぎりの残りを、ボディバッグにまだ入れてある。

「ぼくもお菓子あります」

部長が言った。

「白葉家の離れにあったお菓子が美味《おい》しかったから、二、三個持ってきたんです。どうぞどうぞ、食べてください。糖分は大事です」

「すまんね」

益弘が嗄《しわが》れた声で言う。

「ここ数日、やたらと腹が減ってたまらなかった……。ふだんの三倍から五倍は、燃費が悪くなっている気がした。……この村に着いてからは、なおさらだ」

高菜のおにぎりを受けとって、益弘がさっそく頬張る。

幽鬼のようだった顔に、すこしずつ血色が戻ってくる。

「いままでどこにいたんです」泉水が尋ねた。

益弘が苦笑して、

「誉められた話じゃあないが……。村のはずれに、鍬《くわ》だのトラクターだのがしまってある土蔵を見つけたんだ。厳冬期用のシュラフを持ってきたとはいえ、やはり風雪を避けるに越したことはないからな。鍵《かぎ》のありかは、サイコメトリーで読んだ」

「白葉家の土蔵の鍵はどうです？」

　部長が問う。

「それも、サイコメトリーでわかったのでは？」

「ああ、白葉家の次男坊から〝読んだ〟よ」

　差しだされた菓子に手を伸ばし、益弘は悪びれたふうもなく認めた。

「だが中扉の開けかたがややこしくてね。一度読んだ記憶だけじゃ、開けられるか自信がなかった。澤北母子《おやこ》失踪《しっそう》事件の特捜本部も出張っていたから、烏丸が中にいるとわかったあとも、いちかばちかで賭《か》ける気にはなれんかった」

「だから、確実に扉が開く儀式の夜まで待ったんですね？」

「そうだ」

　益弘は首肯した。

「二十年も、待ったんだ。もう下手を打ちたくなかった。白葉家の跡取り息子がやらかしてくれたせいで、結局は予定が狂ったが……。だが、橘まどかちゃんは見つけた。烏丸のやつに、おれの〝力〟ごと返してやった。これでいい。満足だ。……悔いはないよ」

　――〝力〟ごと返してやった。

　森司にも、その意味はわかった。

　益弘にサイコメトリーの能力はもうない。荒ぶる神が、烏丸ごと持ち去ったのだ。

いま目の前にいる益弘は、目つきがやや鋭いだけの、ただの初老の男であった。

「通報してくれ」

胡麻《ご ま》餡《あん》の菓子をお茶の残りで流しこんで、益弘が言った。

「元が付くとはいえ、警察官《サツカン》として、やっちゃいかんことをした……。法に頼らん報復をした。だが、後悔はしていない」

「なにをどう通報するんです」

部長が苦笑する。

「あなたがやったことは、それこそ法律で裁けるたぐいのことじゃありませんよ。警察だって、この件で通報されても困るでしょう」

益弘の手を取り、立たせた。

「それより早く帰りましょう。息子さんもこっちに来ています」

「あ？　純太がか？」

「ええ。帰ったらその足で、児玉宏美さんに報告してください。彼女もきっと、この一件の顚末《てんまつ》を聞きたいと思いますよ」

森から里へ戻ると、神社の祭事はまだつづいていた。

篝火《かがりび》が冬の夜闇に、高だかと火の粉を散らしている。雪の白と、火のオレンジのコントラストがあざやかだ。

篝火のまわりを囲む村人たちの顔は、火の照りかえしと酔いでてらてらと火照っていた。

「部長！」

「八神先輩」

藍とこよみが駆け寄ってきた。心絽と手を繋《つな》いだ黒沼部長が、あいた片手を上げる。

「和史さん」

社務所の前に立つ和史を見つけ、部長は声をかけた。

一瞬、和史がきょとんと部長を見かえす。

だが心絽にはっと気づくやいなや、彼はその場にへなへなと膝を突いた。孫娘の無事に、膝の力が抜けたらしい。

「梨世！　世津子！　心絽が……」

肩越しに、社務所へ向かって叫ぶ。

格子戸がひらいて、中から母娘《おやこ》が飛びだしてきた。二人とも、目を真っ赤に泣き濡《ぬ》らしていた。つられたように心絽も泣きだす。

「白葉の本家の奥方は？　どうなりました」

泉水が、肩にかついでいた白葉漣を下ろして問う。

和史は唇を嚙《か》んだ。

「……家政婦さんの話では、警察署に連行されたようです。香苗さまの失踪に、なにやら関係しているとかで」

「烏丸の体、いえ、檻《おり》にいた男は？」

「意識不明のままです。でも逮捕されて、やはり署に運ばれていきました。凶悪な指名手配犯だったそうですね。……お恥ずかしい話ですが、蔵の中の檻を隠すので精いっぱいでした」

二度と烏丸理市が目覚めることはあるまい。森司は思った。

荒神に烏丸は壊され、ウマとして連れ去られた。回復はおよそ見込めまい。

――白葉漣の今後も、あやしいものだ。

地面に横たえられた漣を、森司は見下ろした。ぐったりとくずおれ、いまだ意識を取りもどす様子はない。

ほんの数時間だろうと、漣は烏丸と同化した。烏丸が連れ去られるまでの時間を、その身をもってともにした。今後目覚めたとしても、完全にもとに戻ることはないのでは、と思えた。

「和史さん。烏丸理市が幽閉されたのは、二十年前ですね？」

部長が問う。

はい、と小声で答え、和史が目を伏せた。

「もし警察に訊《き》かれたら、すべて正直に話すことをお勧めします。因習と、親や祖父の指示に長年従ってしまったと。――現代の法律では、むろん監禁の幇助《ほうじょ》は罪にあたる。

とはいえぼくには、四方八方から不思議な圧力がかかって、不起訴処分になる未来しか見えませんがね。それでも、いったん懺悔《ざんげ》しておくのは悪くないです」

「梨世は……あの子は知らないんです。なにも」

「でしょうね。世津子さんは？」

「本家の蔵にオウマサマがいることだけは、承知してました。だども、それが二十年前に、梨世を襲おうとした男だとは……知らせてねがった。叩《たた》きのめして追いはらったと、世津子には説明しとったすけ……」

梨世と世津子が、涙ながらに心絽を抱きしめている。

三代にわたるよく似た母娘の髪に、背に、ちらちらと白いものが降りかかる。

「そういえば中国では、女へんに馬と書いて〝ははおや〟を指すんだよね。媽媽と書いてママだ」

部長がぽつりと言った。

次いで、いま一度和史を振りかえる。

「三十三年後の儀式は、きっと梨世さんが仕切ることになるでしょう。いままでのやりかたでオウマサマを調達するのは、もうやめにしましょうよ。……ぼくも黒沼家の次期当主として責任がある。一緒に解決法を考えます」

かすかにうなずいて、和史が離れていった。世津子の背後にまわり、そっとしゃがみこむ。娘と孫ごと抱きしめる。

神楽の音がつづいていた。

森司はなんとはなしに、空を仰いだ。

いちめん墨で塗りつぶしたような空から、星のように雪が降ってくる。

ずっと見ていると、雪が落ちてくるのか、自分が落ちているのかわからなくなる。空に吸い込まれるような錯覚さえ起きる。

「本家」

泉水がちいさく呼ぶのが聞こえた。部長が振りかえる。

「名前で呼んでいいってば」

「いや」

泉水がかぶりを振る。

「やめとく。……もう、こっちで呼び慣れた」

「そうそう。魔物は真の名前で呼ばれると力を失うんでしょ？　なら、いままでどおりでいいじゃない」

藍が笑った。

「部長は、そのままでいいのよ」

エピローグ

HAUNTED CAMPUS

＊二月十二日　午後七時十八分

黒沼部長が予約した温泉旅館で、オカ研一同は豪勢な夕食を取っていた。

「ビールが瓶なのがいいわよね」

「注がなくていいぞ。こっちは手酌でやる」

「なんですのこれ？　茶碗蒸《ちゃわんむ》しに入っとる、この硬いの」

「鮑《あわび》だよ」

いかにも高級そうな旅館だった。

森司はてっきり女性陣で一部屋、男性陣で一部屋だと思い込んでいたが、あにはからんや、ふかふかのベッドが並ぶツインルームが三部屋であった。

部屋割りは当然ながら藍とこよみ、黒沼従兄弟《いとこ》コンビ、鈴木と森司だ。

各室にＷｉ‐Ｆｉや多言語タブレット、空気清浄機も完備。一階には大浴場と露《ろ》天風《てんぶ》呂《ろ》だけでなく、広めのサウナまで備わっている。きつい旅の疲れを癒《いや》すには、十二分な旅館だった。

夕食は個室で取るか座敷か選べたので、八人用の小あがり座敷で「六人一緒に」と指定し、現在にいたる。

「さっき、益弘さんからSMSが届いてね。無事帰宅したってさ」

平目《ひらめ》の刺身に山葵《わさび》をのせながら、部長が言った。

「児玉さん家に寄ってから帰ったらしい。例のナイフも返したって。烏丸が逮捕されたことで『なんとか満足してもらえた』と言ってたよ。実際は〝なんとか〟どころじゃなかっただろうけどね。謙遜《けんそん》だね」

「あの子はどうなったの？ えーと、椿紀ちゃんだっけ」

刺身が苦手な鈴木の皿から、藍が甘海老《あまえび》をつまんで問う。

「これも益弘さん伝手《づて》の、というか益弘さんの部下伝手の情報だが、順調に回復しているそうだ」

泉水が同じく鈴木の刺身皿から中《ちゅう》とろをつまんで、

「森から発見された白骨のDNA型鑑定はこれからだが、十中八九、二十年前から行方不明の橘まどか嬢で間違いないらしい。白葉福江のほうは、漣が殺した元奥さんの遺体のありかを吐いた。裏山のふもとに埋めたそうだ。警察が百人態勢で、いままさに山を掘りかえしてる。遺体が発見され次第、白葉漣は再逮捕だな」

「白葉家の本家はどうなるんでしょうか」

こよみが嘆息した。

「跡取り息子が殺人罪、その母親は死体遺棄罪。白葉宗一が、県議をつづけられるとは思えません」

「和史さんがなんとかするだろ。うちの親父と同様、旧家の次男坊ってのはそのために存在するんだ。さいわいあの人は、おれの親父よりしっかりしてる。ちらっと疑っちまって悪いことをした」

泉水がビールを呷《あお》った。

「椿紀ちゃんは両親を失ったんですね。お母さんは殺され、お父さんは……」

森司はしんみりと声を落とした。

「母方の祖父母に育てられることになるんでしょう。心結ちゃんもそうだけど、しばらくは記憶にさいなまれてつらいだろうな。子供が大人の男に追いかけられるのって、すごい恐怖ですよ」

「わかる。……と言いたいとこだけど、ぼくはろくに覚えてないんだよなあ」

部長がきれいな箸《はし》づかいで甘鯛《あまだい》の骨を剝《は》がし、首をかしげる。

「記憶がなくてもしんどいんだ。あったらもっとしんどいだろう。……こんなことくらいしか言えないんだから、いやになっちゃうね。ぼくらにできるのは、時間があの子たちを癒してくれるのを、遠くから祈ることくらいだ」

雪見障子の向こうでは、しんしんと雪が降りつつあった。

風がない証拠に、大粒の雪がまっすぐ落ちてくる。楢《なら》の木のてっぺんにかぶった白が、見る間にかさを増していく。

「……また積もりそう」

藍が小声でつぶやいた。


食事を終えてそれぞれの部屋に引きあげる途中、

「八神先輩」

背後から、こよみに呼びとめられた。

「どうした灘？」

「あの……」

いったん口ごもってから、こよみは決然と顔を上げた。

「あさってがなんの日か、わかりますか？」

「え」

森司は瞠目《どうもく》した。

——えーと、今日は二月十二日。

ということは、あさっては十四日だ。二月十四日。うん、わかる。わかりすぎるほどわかる。恋する男には、この上なく意味のある日付である。

「わ、わかるよ。……うん」

こくこくと森司はうなずいた。

なんとはなし、周囲をうかがってしまう。場所は旅館の廊下で、鈴木や部長たちはもう行ってしまった。エレベータの方角から人が来る気配もない。

デコルテを飾るネックレスに、こよみがわが手で触れる。森司がクリスマスに贈った真珠のネックレスだ。

「これのお返しも、しなきゃいけませんよね」

こよみの眉間《みけん》に、ひさしぶりの皺《しわ》が深ぶかと寄っていた。

例の険しい顔つきになっている。彼女が真剣なときにする表情であった。目鼻立ちが整いすぎるほど整っているせいか、凄《すご》みすら感じる。

しかし、森司は恐怖を感じてはいなかった。

それどころか勝手に頬がゆるんでくる。顔がひとりでに、にまにまと笑いだす。にやにや、ではない。にこにこ、でもない。それはまさに〝にまにま〟としか形容できぬ顔つきであった。

「わたし、頑張ります」

森司を下から睨《にら》みつけながら、こよみは言った。

「ほんとは一年生のときから頑張りたかったんです。でも、ずっと遠慮してたんです。今年こそ先輩、覚悟をお願いします」

「わかった。はい。——覚悟いたします」

では、と言いおいて、こよみが小走りに駆け去る。森司たちの客室から三部屋離れたドアの向こうへ、その背中が消える。

その後も森司はしばし、その場に突っ立っていた。顔はやはりにまにま笑っていた。しばらく消えそうにない、われながら不気味な笑みであった。

しかし。

「お客さま？」

突然呼びかけられ、

「うわっ」と森司はちいさく飛びあがった。

慌てて振りかえる。

そこには仲居らしき和服の女性が立っていた。おそるおそる、といったふうに森司をうかがっている。

「あの、大丈夫ですか？　なにかトラブルでもございましたか？」

「いえ、なんでもないです」

森司は首を左右にぶんぶんと振った。

「でも『お返しをする』とか、『覚悟しろ』とか、物騒な言葉が聞こえたような」

「いやあれは、その、大丈夫です」

森司はさらに否定した。

「大丈夫というか、あれで平常運転というか――いやちょっと違うな。でも、とにかく問題なしです」

「ほんとうですか？」

「はい。ノープロブレムです。なにも問題はありません。おれたちの間では、よくあることというか」

「ああ」

仲居が心得顔になった。

「そういったプレイですか」

「違います！」

森司の叫びが、ホテルライクな廊下にこだまする。

エレベータの到着音が鳴り、曲がり角の向こうから、団体客の足音が近づいてきた。

引用・参考文献

『日本「神話・伝説」総覧』歴史読本特別増刊事典シリーズ第16号　新人物往来社
『昔話・伝説小辞典』野村純一他編　みずうみ書房
『日本伝説体系』第一巻　みずうみ書房
『定本柳田國男集』第十二巻　筑摩書房
『古事記』倉野憲司校注　岩波文庫
『日本書紀（上）全現代語訳』宇治谷孟　講談社学術文庫
『歴史と旅増刊　もっと知りたい神と仏の信仰事典』秋田書店
『世界不思議百科』コリン・ウィルソン　ダモン・ウィルソン　関口篤訳　青土社
『世界の謎と不思議百科』ジョン&アン・スペンサー　金子浩訳　扶桑社ノンフィクション
『サイキック—人体に潜む超常能力の探究と超感覚的世界』コリン・ウィルソン　梶元靖子訳　三笠書房
『日本の神話　性のユートピアを求めて』高橋鐵　河出文庫
『聖なる神々　神社の謎』別冊歴史読本第三十四号　新人物往来社
『新潟県史　通史編6近代一』
『牛頭天王と蘇民将来伝説　消された異神たち』川村湊　作品社

本作は書き下ろしです。この作品はフィクションです。
実在の人物、団体等とは一切関係ありません。

ホーンテッド・キャンパス　オシラサマの里《さと》

櫛木理宇《くしきりう》

角川ホラー文庫　23303

令和4年8月25日　初版発行

発行者——堀内大示
発　行——株式会社KADOKAWA
〒102-8177　東京都千代田区富士見2-13-3
電話 0570-002-301（ナビダイヤル）
印刷所——株式会社暁印刷
製本所——本間製本株式会社
装幀者——田島照久

ISBN978-4-04-112600-4　C0193

◇◇◇

角川文庫発刊に際して

角川源義

第二次世界大戦の敗北は、軍事力の敗北であった以上に、私たちの若い文化力の敗退であった。私たちの文化が戦争に対して如何に無力であり、単なるあだ花に過ぎなかったかを、私たちは身を以て体験し痛感した。西洋近代文化の摂取にとって、明治以後八十年の歳月は決して短かすぎたとは言えない。にもかかわらず、近代文化の伝統を確立し、自由な批判と柔軟な良識に富む文化層として自らを形成することに私たちは失敗して来た。そしてこれは、各層への文化の普及滲透を任務とする出版人の責任でもあった。

一九四五年以来、私たちは再び振出しに戻り、第一歩から踏み出すことを余儀なくされた。これは大きな不幸ではあるが、反面、これまでの混沌・未熟・歪曲の中にあった我が国の文化に秩序と確たる基礎を齎らすためには絶好の機会でもある。角川書店は、このような祖国の文化的危機にあたり、微力をも顧みず再建の礎石たるべき抱負と決意とをもって出発したが、ここに創立以来の念願を果すべく角川文庫を発刊する。これまで刊行されたあらゆる全集叢書文庫類の長所と短所とを検討し、古今東西の不朽の典籍を、良心的編集のもとに、廉価に、そして書架にふさわしい美本として、多くのひとびとに提供しようとする。しかし私たちは徒らに百科全書的な知識のジレッタントを作ることを目的とせず、あくまで祖国の文化に秩序と再建への道を示し、この文庫を角川書店の栄ある事業として、今後永久に継続発展せしめ、学芸と教養との殿堂として大成せんことを期したい。多くの読書子の愛情ある忠言と支持とによって、この希望と抱負とを完遂せしめられんことを願う。

一九四九年五月三日

ISBN 978-4-04-100663-4

ISBN 978-4-04-100802-7